完全なる結婚

ルーシー・モンロー 作

有沢瞳子 訳

ハーレクイン・ロマンス

東京・ロンドン・トロント・パリ・ニューヨーク・アムステルダム
ハンブルク・ストックホルム・ミラノ・シドニー・マドリッド・ワルシャワ
ブダペスト・リオデジャネイロ・ルクセンブルク・フリブール・ムンバイ

THE ITALIAN'S SUITABLE WIFE

by Lucy Monroe

Published by Harlequin Japan, a Division of K.K. HarperCollins Japan, 2024

ルーシー・モンロー

アメリカ、オレゴン州出身。2005 年デビュー作『許されない口づけ』で、たちまち人気作家の仲間入りを果たす。愛はほかのどんな感情よりも強く、苦しみを克服して幸福を見いだす力をくれるという信念のもとに執筆している。13 歳のときからロマンス小説の大ファン。大学在学中に“生涯でいちばん素敵な男性”と知り合って結婚した。18 歳の夏に家族で訪れたヨーロッパが忘れられず、今も時間があれば旅行を楽しんでいる。

主要登場人物

ジャンナ・レイクウッド……大学助手。
パメラ……ジャンナの継母。
エンリコ・ディリナルド……銀行及びその系列企業幹部。
アンドレ……エンリコの弟。
ティト……エンリコの父。
エリアーナ……エンリコの母。
キアラ・ファブリツィオ……エンリコの婚約者。
ティム・スティーヴンス……理学療法士。

1

わたしの唇の上で、彼の唇がためらいを見せている。

二人の唇は重なるのだろうか？　今まではどんなに強く望んでも、触れ合うことはなかった。彼の顔が近づいてきた。胸の鼓動がどんどん速くなる。

そうよ、ええ、そうよ、やっとそのときが訪れたんだわ。

そう思いながら懸命に近づこうとするのに、彼は遠ざかりはじめる。そして電話の耳障りな音と共に、彼の姿は完全に消えた。

ジャンナ・レイクウッドは半ば夢の世界に浸りながらコードレス電話の受話器を取った。その夢の世界では、エンリコ・ディリナルドはスーパーモデルのキアラ・ファブリツィオとまだ婚約していなかった。

「はい」

「ジャンナ、事故が起きた」

エンリコの弟、アンドレの声だ。

「事故ですって？」

「ちくしょう！　エンリコが事故に遭った。意識がない」

「彼、今どこなの？」ジャンナは全身を貫く恐怖に緑色の目を見開き、受話器を耳に押しつけたままベッドから飛び下りた。何が起こったのかはきかなかった。いずれわかることだ。それより、リコがどこにいて、そこへどれくらいで行けるかを知りたい。彼女は早くもパジャマを脱ぎはじめた。

「ニューヨークの病院だ」

ニューヨーク？　ジャンナはリコがアメリカに来

ていることさえ知らなかった。それもそのはず、二カ月前にキアラとの婚約が発表されて以来、彼に関するニュースをずっと避けてきたのだから。

「なんという病院？」ジャンナは病院名をすばやく書き留めた。「できるだけ早く行くわ！」

ジャンナは返事も聞かずに受話器を置いた。アンドレならたぶんわかってくれるわ、と彼女は思った。真夜中にもかかわらず、彼がわざわざ電話をかけてきてくれたのは、わたしが十五歳のときからずっとエンリコ・ディリナルドを愛してきたことを知っているからだ。

リコへの愛は気づかれることも報いられることもなく八年間続き、キアラとの婚約もジャンナの思いを衰えさせはしなかった。

ジャンナは小さなアパートメントをせわしなく動きまわり、支度を終えた。飛行機で行くことも考えたが、思い直した。車で行けば二時間半だが、空港へ行って航空券を買い、ニューヨークまで飛ぶと、もっと時間がかかる。そのうえ、ディリナルド家の人たちとは違い、ファーストクラスのもてなしは受けられないし、エコノミークラスには空席がない可能性もあった。

腰まで届く栗《くり》色の髪は寝たときの三つ編みのままで、ジャンナはとかしもしなかった。化粧をする時間さえも惜しんだ。すり切れたジーンズにさっと足を通し、ブラジャーもつけずに薄手のセーターを着こんで、素足にテニスシューズを履いた。

ジャンナが病院の受付でリコとの面会を申し入れたのは、それからわずか二時間後のことだった。

受付の女性が顔を上げて尋ねた。「ご家族の方ですか？」

「ええ」ジャンナはためらうことなく嘘《うそ》をついた。

女性はうなずいた。「係の者を呼んで案内させましょう」

五時間にも思える長い五分が過ぎ、緑色の診療着をまとった青年が現れて、ジャンナを集中治療室へと案内した。

「あなたが来てくださってよかった。三時間前イタリアのご家族に連絡したのですが……」つまりアンドレが電話をくれる直前だ。「到着まではあと五、六時間かかるでしょう。こういう患者の場合、最初の時間帯に家族や恋人がそばにいることで、病状が好転する場合があるんです」

「どういう意味でしょう、こういう患者って？」

「ミスター・ディリナルドに意識がないことは知っていますね？」

「ええ」

「昏睡《こんすい》状態というのは、最新の医学をもってしても、非常に不可解なものでしてね。大切な人がそばにいればこの患者はきっと目覚める、と思えるような症例があるんです」

なぜかわからなかったが、ジャンナは青年の言い方になんとなく刺《とげ》がある気がした。

途中、ナース・ステーションに立ち寄り、ジャンナはリコを見舞う際の注意を受けた。同時に、〝係の者〟がリコの病状について知りすぎているように思える理由もそこでわかった。青年は集中治療室担当の医師のもとで働くインターンだったのだ。

リコを取り巻く医療器具には目もくれず、ジャンナは集中治療室に入った。目に入るのはベッドに横たわる男性だけだ。百九十センチの堂々たる体は蝋《ろう》人形のように生気がなく、愛せずにいられないあの大好きな銀色の目はまぶたに閉ざされている。顔にひどい打撲傷があり、一方の肩にも紫色のあざがあった。

体の大部分は毛布に覆われているが、それ以外は何も身に着けていないようだ。呼吸がとても弱々しい。最初はまったく息をしていないように思え、ジャンナの心臓は凍りそうになった。

ジャンナはベッドの傍らに立ち、手を伸ばした。皮膚の下で息づく命をどうしても確かめたかった。

わずかに触れた指先に彼の安定した胸の鼓動を感じる。いかに動きがなかろうと、顔色が青白かろうと、これこそ彼がまだ生きている証《あかし》だ。

「愛しているわ、リコ。死んではだめ。お願いだから、闘うのをやめないで！」

インターンがティッシュペーパーを差しだすまで、ジャンナは自分が泣いていることに気づかなかった。彼女はベッドに横たわる男性から一度も視線を外すことなく、涙をぬぐった。

「何があったんでしょう？」

「聞いていないんですか？」

「彼の弟が詳しい話をする前に、電話を切ってしまったんです。話を聞くより、ここへ来るほうが大事だと思ったものですから」

「強盗に襲われた女性を助け、撃たれたんです」

「撃たれた？」ジャンナはリコを見た。包帯が巻かれているのは頭だけだ。

「銃弾は頭をかすっただけですが、対向車線に倒れて車にぶつかったんです」

「じゃあ、この打撲傷は……」

「車によるものです」

「後遺症は？」

「医師たちは残らないと考えていますが、意識が回復しないことにはわかりません」

気になる言い方に、ジャンナはインターンに説明を求めた。「詳しく話してください」

「この患者のけがの中には、一時的または永久的な麻痺《まひ》が残る可能性があるものが含まれています。しかし、意識が回復するまで、確実に知る手立てはないんです」

「ドクターはどこですか？」ジャンナはもっと情報が欲しかった。医師の確かな情報が。どんなに知識が豊富にしろ、青年はインターンにすぎない。

「回診中です。まもなくここに来るでしょう。そのとき話ができますよ」

　ジャンナはうなずき、視線をリコに戻した。そしてたちまち、部屋の中にインターンがいることを忘れた。

「目を覚まして、リコ。生きるのよ。あなたなしでは、わたしは生きていけない。みんなそうよ。お母さま、お父さま、アンドレ……あなたはみんなにとって必要な存在なの。お願い、わたしたちを、わたしを見捨てないで」ジャンナは気持ちを奮い立たせ、キアラのことやまもなく訪れる二人の結婚式のことまで口にした。「あなたは結婚し、まもなくパパになるのよ、リコ。それがあなたの希望であることを、わたしは知っているわ。いつも言ってたでしょう、家からあふれるくらいの子どもをつくるんだって」

　その子どもたちが自分の子どもであってほしいと、ジャンナは女の子らしい素朴な夢を見てきた。でも、母親がキアラであってもかまわない。リコが生きていてさえくれれば。目を覚ましてちょうだい、あきらめないで。

　ジャンナは懇願し続けた。そして、どんなに彼を愛しているか、何度も何度も繰り返した。

　しばらくして医師が集中治療室に立ち寄り、カルテを確かめ、ベッドの傍らにある電子モニターをチェックした。「呼吸、脈拍、体温、すべて良好のようですね」

「意識を回復させる手段はないんですか？」涙をこらえているせいで、喉がひりひりと痛む。

「興奮剤はすでに試しました。しかし、効果はありませんでした」

「では、自力で目覚めるしかないんですね。でも、彼はきっと目を覚ますわ。ミズーリの騾馬《らば》より丈夫な遺伝子を持っているんですもの」

疲労のにじんだ青い目を少しばかりなごませ、医師はほほ笑んだ。「そうですとも。これはわたしの意見だが、家族の付き添いもきっとすばらしい効果を発揮しますよ」

ひどく皮肉っぽい口ぶりだ、とジャンナは思った。でも、わたしに向けられているとは思えない。「彼の両親と弟も急いでこちらに向かっているはずです。ミラノからだと、世界最速の自家用ジェット機でも、それなりの時間がかかります」

「もちろんです。それにしても、フィアンセに付き添う気がないとは残念だ」

「キアラはニューヨークにいるんですか?」

「ミス・ファブリツィオはホテルで知らせを受け、ここに来ました。しかし、彼をひと目見るなり逆上し、夜にひとり歩きをする愚かな女のために命を危険にさらすなんて、と半狂乱になりました」今度の口調にはあからさまな非難がこめられていた。

「彼女はどうしてここにいないんですか？」

「一時間ほどいましたが、患者がいつ意識を取り戻すかわからないと伝えると、すぐに出ていきました。目を覚ましたら連絡してほしいと、電話番号を残してね」医師は不快感もあらわに言った。

「よほど動転していたんだわ」能面のような表情のリコを見て、フィアンセがそれを見て取り乱す気持ちがジャンナにはよくわかった。リコのそばを離れるなんて彼女には想像もできないが、恐怖に対処する方法は人それぞれだ。

「彼女も今夜はよく眠れるでしょう。頼まれて鎮静剤を処方しましたからね」

ジャンナはぼんやりとうなずき、またリコをじっと見つめた。「わたし、ここにいてもかまいませんか？」

医師のくぐもった笑い声が響いた。「いけないと言ったら？」

「手術着にマスク姿でこっそり舞い戻り、ベッドの下に隠れるでしょうね」リコが無残な姿でベッドに横たわる病室で冗談が言える自分に、ジャンナは驚いた。

「思ったとおりだ。あなたは彼の妹さんかな？」

ジャンナは頬が赤くなるのがわかった。また嘘をつかなければならないの？ しかし、医師の目には思いやりが輝いている。嘘をつく必要はなさそうだ。

「いいえ、家族ぐるみでおつき合いしている友人です」

ちょっと考えるような表情を浮かべてから、医師はうなずいた。「あなたがもらさなければ、わたしは他言しません。あなたは明らかに彼を気遣っている。ここにいて害になるわけがない。むしろ大いに役立つでしょう」

「ありがとうございます」

「すべては、患者にとって何が最善か、です」

医師が出ていったあと、ジャンナはリコの手に自分の手を重ねた。

「ママが亡くなった年のこと、覚えている？ わたしは五歳、あなたは十三歳だった。わたしにつきまとわれて、さぞ迷惑だったでしょうね。アンドレにはしょっちゅう邪魔者扱いされたけど、あなたは違った。わたしの手を握り、ママの話をしてくれたわ。大聖堂にも連れていってくれたわね。本当にきれいなところだった。あなたは言ったわ。ここではママの近くにいられるからって。とてもつらかったし、怖かったけれど、あなたが慰めてくれた」

一年前に父が亡くなったときは、事情がまったく違った。しかし、そのことは思い出さないようにした。当時、リコはキアラとつき合っていたが、彼女にジャンナを慰める暇はなかった。そしてリコにまで、あなたもそうよね、と念を押したのだ。

「リコ、今のわたしに慰めはいらないわ。ねえ、聞こえていて？　わたしはあなたによくなってほしいの。あなたが婚約を発表したとき、こんなにつらいことはないと思ったけど、間違いだったわ。あなたが死んだら、わたしは生き続けたいとは思わない。聞いてる、リコ？」ジャンナは身を乗りだし、リコのたくましい二の腕に頬を寄せた。「お願い、死なないで」あふれ出る涙が二人の肌を濡《ぬ》らした。

　聞き慣れた声に繰り返し名を呼ばれ、ジャンナははっと目を覚ました。

「起きたまえ、僕のかわいいジャンナ」

　リコの腿のそばでうとうとしていた彼女は顔を上げた。集中治療室の薄暗い照明の中でまばたきをするうちに、ゆっくりと焦点が合ってきた。

「アンドレ、ご両親は？」

「ほんの二日前、友人のヨットで船旅に出かけた。結婚記念日を祝うために。父の希望で、完全なお忍び旅行なんだ。あと一カ月は帰ってこない。そして僕には連絡の方法がわからない。知っているのはリコだけだ」

　もちろん、今のリコは両親に連絡できる状況にはない。息子の事故のニュースと、それを自分たちに連絡できないアンドレの無力を、両親がどう受け止めるかに思いを馳《は》せ、ジャンナは胸が張り裂けそうになった。

「もしリコが死んだら……」悲しさに満ちたアンドレの声がとぎれた。

　ジャンナはリコを若くした感じのアンドレをにらみつけた。「リコは死なないわ。わたしが死なせない！」

　アンドレは無言でジャンナの肩をぎゅっとつかんだあと、おもむろに言った。「医師によると、病院に運びこまれて容態が安定してからは、まったく変化がないそうだね」

「ええ」

「君はいつ着いたの？」

「電話をもらってから約二時間後よ」

「普通はもっとかかる」

ジャンナは彼を見つめるばかりで何も言わなかった。

アンドレはため息をついた。「スピード違反のきっぷを切られないでよかった。リコに意識があったら、どなりつけられただろうよ」

「意識が回復したら、わたしの運転技術について、リコに好きなように言わせてあげるわ」

「そうだね。ところでキアラは？　リコと一緒に旅行をしているはずなんだが。兄さんが銀行関係の会議に出席している間、彼女はファッションショーに出演する予定なんだ」

ジャンナが医師の話を伝えると、アンドレはイタリア語で口汚くののしった。そして、彼女が顔を赤らめたのを見て、アラビア語に切り替えた。「ごめんよ。キアラはまったくいやな女だ。兄さんはすっかり参ってしまい、それが目に入らない」

「美しいというだけでリコの判断力が完全に狂わされるなんて、考えられないわ、アンドレ。きっとキアラには、リコを引きつけるに足る長所があるのよ。だって、結婚するんですもの。愛しているに違いないわ」口にするだけでも胸が痛む。しかし、キアラに対するリコの気持ちを認めるつらさに、ジャンナは歯を食いしばって耐えた。

「彼女の長所というより、肉体的魅力に取りつかれているんだ。キアラは最も有利な体の使い方を知っている」

「まあ……」それまでのジャンナの顔色が赤だったとしたら、今は燃えあがらんばかりの真紅になっていた。

アンドレはため息をついた。「君はどうしてそんなにうぶなんだ」

二十三歳にもなってもまだバージンだということを力説する気はジャンナにはない。リコ以外の男性を愛したことはなかったのに、妹としてしか見てもらえなかった。

「飛行機はどうだった？」ジャンナは話題を変えた。

「覚えていない。ずっと祈りどおし、心配しどおしだったからね。ところで、ここに来てから君は食事をしたかい？」

「おなかがすかないの」

「朝食から何時間たっていると思うんだ！」

それからの四日間は同じように過ぎた。

アンドレの指示に従い、リコは一般病棟の個室に移された。ジャンナはシャワーを浴びる以外は病室を離れるのを拒否し、目覚めているときも、まどろんでいるときも、リコの傍らで過ごした。アンドレは仕方なく、食べ物と飲み物を病室に持ちこみ、半ば強制的に食べさせるしかなかった。

キアラは一日に一度見舞いに来て五分ほど過ごし、侮蔑《ぶべつ》と憐憫《れんびん》の入りまじった目でジャンナを見た。

あるとき、キアラは言った。〝つきっきりで看病したら何かが変わると本気で思っているわけ？　この人、目覚めるときは目覚めるわ。そして、わたしに看病してもらいたがるでしょうよ〟

ジャンナはあえて反論しなかった。確かにキアラの言うとおりだが、それでもかまわなかった。

五日目の午前三時。病院の廊下は静かで、真夜中に看護師がリコの状態をチェックしに来てからは、病室の静寂を乱す者は誰もいない。アンドレは、部屋の片隅のリクライニング・チェアで眠っていたが、ジャンナは眠れなかった。そこで彼の腕をさすり、動きのないその顔をいとしげにのぞきこんで、また話しかけた。

「愛しているわ、リコ。自分の命よりもずっと。どうか目を覚まして。そのために、あなたがキアラと結婚し、わたしが欲しくて仕方のないあなたの赤ちゃんを、みんなあの人が産むことになってもかまわない。そして、この五日間、どうしようもなく愚かなわたしのたわごとを聞いたあなたに、人生から締めだされてもかまわない。目を覚ましてくれるだけでいいの」

ジャンナは必死の思いで最後の言葉をつぶやいた。そして彼がわずかに動いたとき、期待しすぎたあまりそんな気がしたのだと思った。だが錯覚ではなかった。次の瞬間、リコの腕の筋肉がぴくぴく動き、頭を動かしたのだ。

ジャンナはナースコールのボタンを押しながら、アンドレに向かって叫んだ。「リコが動いたわ。アンドレ、起きて！」

アンドレが緊張した面持ちで立ちあがった。

そのあとは、おぼろげな記憶しかない。看護師が駆けつけたかと思うと、医師が続き、それからもうひとり看護師が駆けつけて、ジャンナとアンドレは病室から追いだされた。

それから二人は長い間待たされた。ジャンナはじっとしていられず、待合室の中を歩きまわった。一方のアンドレも、立ったり座ったりと落ち着かない動作を繰り返した。

やがて医師が待合室に姿を現した。リコが運びこまれた夜に話をしてくれた医師だった。

彼は二人にほほ笑んだ。「意識が戻りましたよ。まだ少しもうろうとしていますが、ひとり五分ずつ面会を許可します」

最初にリコの病室に入ったアンドレは、苦渋に満ちた表情で待合室に戻ってきた。

ジャンナは一刻も早くリコに会いたかった。アンドレの手に阻まれなかったら、黙ってアンドレの横を通り抜けていただろう。「待ってくれ、ジャンナ。言っておかなければいけないことがある」

「何かしら？」

アンドレはごくりと唾《つば》をのみこみ、ジャンナの目を正面から見すえた。

その目に苦悩の色が浮かぶのを見て、ジャンナは恐怖に駆られた。「どうしたの？　まさかまた、意識を失ったんじゃないでしょうね？」

「いや。リコの……脚が動かないんだ」

2

ジャンナが病室に足を踏み入れたとき、リコは食い入るように戸口を見つめていた。一瞬、彼の表情が失望でわずかに曇ったのを、ジャンナは見逃さなかった。

「やあ、かわいいジャンナ。僕の意識が戻るまで一緒にいてくれって、アンドレに頼まれたのかい？」

同じように〝かわいいジャンナ〟と呼びかけられても、リコとアンドレとでは、わき起こる気持ちが違った。ジャンナはほほ笑みながら、彼の言葉が明《めい》瞭《りょう》なことにほっとして胸がいっぱいになり、しばらく何も言えなかった。

「来ないではいられなかったわ」

リコが口もとをほころばせた。「世話好きはいつものことだ。今は何を飼っている？」

「何も」ジャンナはいつもペットを飼っていた。たいていはどこかで拾ってきた犬や猫だった。

リコは驚いた。「君らしくないな」

本当は飼いたいのだが、今住んでいる大学の寮はペットを飼えないのだ。ジャンナはまたほほ笑んで、肩をすくめた。

「具合はどうかときかないんだな」

「学校の運動場でいじめっ子にめちゃくちゃに殴られたみたいな顔だもの、元気とは思えないわ」リコがくすくす笑ったので、ジャンナはうれしくなった。

不意に彼が表情を引き締めた。「僕の脚、動かないんだ」

ジャンナは思わずリコの手を取った。「いずれ動くようになるわ。我慢しなくちゃ。ひどい目に遭ったんですもの。体がまだショック状態なのよ」

握り返す手の激しさに、リコの胸の内が透けて見える。

「キアラはどこにいる？」

「あら、大変！　あなたの意識が戻ったことに興奮して、連絡するのを忘れていたわ。すぐ知らせるわね」

「じゃあ、明日の朝に来るよう伝えてくれ。そのころには今よりいつもの僕らしくなっているだろう」

「いいわ。ぐっすり眠るのよ、いとしい人《カーロ》」ジャンナはささやいた。〝カーロ〟は女性から親しい間柄の男性への呼びかけだ。男性が女性に呼びかける場合は〝カーラ〟という。ごく一般的な呼びかけだが、このときは感情をこめすぎてしまい、ジャンナはリコに聞こえなかったことを祈った。

彼からはなんの反応もなかった。

リコはキアラが来るのをいらいらしながら待って

いた。

ジャンナとアンドレはけさもまた見舞いに訪れ、僕が疲れるまで付き添ってくれた。ジャンナはずいぶんやつれ、痩《や》せたように見える。大学の助手という仕事は体力を奪い取るのだろうか？　母の耳に入れておいたほうがいい。

だが、やつれていても、ジャンナには清楚《せいそ》な色気がある。僕はこれまでも彼女の魅力を完全には無視できなかった。頭の中では妹と考えているのに、ときどき体が反応してしまうのが後ろめたい。そんな不可解な反応にもかかわらず、その魅力を追い求めようと考えたことは一度もない。バージンとはベッドを共にしない主義だし、最近まで結婚に魅力を感じなかった。

いまいましい脚はまだ動きそうにない。この麻痺《まひ》が一時的なものか、永久的なものか、医師にもわからない。ジャンナは一時的なものと確信し、けさもそう言ってくれた。彼女は本当に優しく、かわいい。それなのに、まだ結婚していないのだから驚く。来年は二十四歳になるが、アメリカ人女性は結婚が遅いのだろう。アンドレがジャンナを結婚の対象と考えていないのが残念でならない。彼女なら、家族として迎え入れてもいいのに。

だが、ジャンナと共に祭壇に向かう弟の姿を想像すると、得体の知れない暗い感情がわきあがり、胸が痛む。僕がキアラと共に祭壇まで歩めるかどうかわからないからだろう。そう、きっとそうだ。何しろ、まだ車椅子に乗っている可能性が高いのだから。

それでも、結婚したジャンナを思い浮かべると、心の中で何か醜いものがうごめく。彼女の無邪気なあこがれを失うと考えただけで我慢できないほど、僕はエゴイストなのだろうか。そうは思いたくない。

「カーロ、そんなににらまないでよ。怖くて看護師さんが近づけなくなるわ。そうしたら、誰が昼食を運んでくれるの？」

リコは、美しいフィアンセが笑い声を響かせながら入ってくるのを見守った。どんな男でも、キアラを自分のものと公言するのは誇らしいだろう。そして、そのキアラはリコのものなのだ。「君がキスをしてくれたら、もうしかめっ面はしたくなくなるだろう」

「いけない人。あなたは病人なのよ」

「だから、君のキスで治してほしい」

キアラはリコに近づき、軽い挨拶《あいさつ》のキスを求めて唇を突きだした。

「ゆうべ、ここにいなかったね」

キアラは目に涙をいっぱいため、悲しげな表情をした。「アンドレとあの上品ぶった小柄な女性がわたしを締めだしたの。あの二人、あなたの意識が戻ったのに、何時間も知らせてくれなかったのよ！」

なぜ弟はすぐキアラに知らせなかったのだろう？

「二人はここにいてくれた。だが君はいなかった」

キアラの目からはらはらと涙が落ちる。「あのひどい女のせいよ。彼女、あなたに夢中ね。片時もそばを離れようとしないの。ベッドのそばに、わたしの居場所はなかった。病院のスタッフの半分は、彼女があなたのフィアンセだと思っているわ」

ジャンナがそんなひどいことをするとは思えない。

「大げさだな」

キアラはくるりと背を向けて離れ、悲しげに肩を震わせた。「大げさじゃないわ」

「こっちへおいで、美しいキアラ」

キアラは涙で頬を濡《ぬ》らしながら、ベッドのそばに戻った。「彼女、最初の夜、嘘《うそ》をついて病室に入れてもらったのよ。家族だと言ったんですって。それ以来ずっと居座っているの。まるで、情け容赦なくまつわりつく葡萄《ぶどう》の蔓《つる》みたい」

「みんな、動転していたんだ」

「でも、あなたのフィアンセはわたしなのよ。あの人にフィアンセのようにふるまうのはやめるよう忠告してちょうだい。それから、ここに長くとどまらせないで。わたし、あの人と会うのはいや！」

「妬《や》いているのかい？」今の体の状態を考えると、嫉妬《しっと》されていやな気はしない。

キアラは、すばらしく効果的なふくれっ面をしてみせた。「たぶん、ちょっとね」

「彼女にそう言っておくよ」リコは約束した。

六日ぶりに朝までぐっすり眠ったジャンナは、目を覚まして一時間後にリコの病室に入った。

〝どうせ両親が来るまで空いているんだから〟

アンドレが自分のスイートルームの一室を使うようしきりに勧めてくれた。マンハッタンのホテル代や、あまり高級ではない地域からのタクシー運賃をまかなうだけの予算はなかったから、彼の申し出はありがたかった。車で寝泊まりしたり、ささやかな貯金をゼロにするのは気が重かった。

リコが目を上げた。歓迎のほほ笑みがいやに短い。

ジャンナはベッドから一メートルばかり離れたところで立ち止まった。「元気そうね」確かに元気そうだ。日に焼けた顔はさほど青ざめていないし、目も澄んでいる。

「ジャンナ、話がある」

リコは、彼女が自分のそばを片時も離れようとしなかったことに気づいていた。彼女の愛を感じ、いじらしいとも思っていた。

プライドを傷つけられ、喉にこみあげていた苦い塊を、ジャンナはのみこんだ。「何かしら？」

「僕にとって君は妹同然だ。君が僕の体を気遣っているのはよくわかる。だが、僕を案じるあまり、キアラを邪魔者扱いしてはいけない」

リコは、わたしがキアラを追い払ったと思っているんだわ！　ジャンナは自分を弁護したかった。だが、そうなると、リコが昏睡《こんすい》状態のとき、キアラが付き添いを拒んだことを話すしかない。そんなこと、できるわけがない。けがで気弱になっているリコがどんなに傷つくか。

「そんなつもりはなかったの」

「そうだろう。君は優しい心の持ち主だ。わざと人を傷つけるはずはない。だが今後は、もう少し気をつけてくれるね」

「努力するわ」

「キアラは、君がたびたびここに顔を出すのをいやがっている」

「あなたはどうしてほしいの？」

「フィアンセを幸せにしたい。彼女にとって、今は試練のときだ。これ以上動揺させたくない」

　リコにとっても試練のときなのに、彼は愛する人たちを守ることだけを考えている。「アンドレに聞いたけど、ご両親に知らせるのを断ったそうね」

「二人のせっかくの休暇を打ち切る必要はない」

「お母さまは看病したいんじゃないかしら？」

「あれこれ文句を言われるのがいやなんだ」

　リコのいらだたしげな言い方に、ジャンナは思わずほほ笑んだ。

「あなたが仕事をしていないので驚いたわ」

「まったく頭にくるよ。アンドレがノートパソコンの持ちこみを拒否したんだ。おまけにきのうの晩、ミラノの事務所の者と話しているところを見つかり、医者の命令で携帯電話を取りあげられた」

「ゆうべの何時ごろ？」

「何時だと思う？　事務所が開く時刻だ」

　つまり、おおよそ午前三時ごろということになる。医師が電話を取りあげさせたのも当然だ。「あなたは休養することになっているのよ。体力を取り戻さない限り、よくならないわ！」

「ほかにすることがあるというのか？」リコは毛布にくるまれた動かない脚を指した。

ジャンナは思わず歩み寄ってベッドの傍らに立ち、小さな手をリコの大きな手に重ねた。「今はだめでも、いずれ回復するわ」

リコはジャンナを見つめ、てのひらを上に向けて自分の指を彼女の指にからませた。「君はいつも最高の状態を信じるんだね？」

ジャンナは声を失い、うなずいた。

「僕も信じる。きっとまた歩けるようになるとね」

「あなたがただ歩くだけだったためしがあったかしら？」

彼の空いていたほうの手がジャンナの頬を包んだ。不可解な表情がリコの顔をよぎるのを見て、ジャンナは完全に動きを止め、彼の手が紡ぎだす心地よい感触を全身全霊で吸収した。至福の時間はあっけなく終わってしまうのが常だ。ジャンナは一瞬たりとも無駄にしたくなかった。

リコは不思議そうに目を細めた。「キアラは君が僕に首ったけだと思いこんでいる」

「わたしは……」

「だから僕は言ってやった。君は妹のようなものだって」

妹？　確かに、そう思われていることは知っている。でも、わたしはリコを兄とは思っていない。頬を包む彼の手と、からみ合っている彼の指先に、五感が荒れ狂うのはそのせいだ。

「そうよね」

彼の親指が唇を軽く横切ったとき、ジャンナは身を震わせた。

「寒いのかい？」

「いいえ」

「いったい何をしているの！」

怒りに震えるキアラの声で魔法が解け、ジャンナは慌てて飛びのいた。

　しかし、リコはジャンナの手を握る力を緩めない。彼女はひもを引かれた犬のように動きを止めた。手を引き抜こうとしたが、彼はそれを許さず、謎《なぞ》めいた表情でキアラを見つめた。

「今、僕はジャンナと話している。彼女は僕に五分以上つき合えないほど忙しいわけではないからね」

　ジャンナは悟った。キアラが自分に嫉妬し、リコがそれを知っていることを。

「僕のそばに君の正当な場所を確保してやってほしいと、ジャンナに頼んでいたところだ。そのためには、君はここにいなければならない」

　美しい顔を怒りで真っ赤にし、キアラは二人のからみ合った指をにらみつけた。「わたしには仕事があるわ。しつこいペットみたいな誰かさんと違い、あなたが起きている間ずっと病室にいられないことは知っているでしょう？」

「ジャンナにも仕事がある。それでもなんとか時間を割いてくれる」

　リコが〝しつこいペットみたいな誰かさん〟という揶揄《やゆ》に抗議をしてくれないので、ジャンナは自ら異議を唱えた。「わたしは誰のペットでもないわ。友だちよ。わたしがここに来ることが、あなたをそんなに怒らせるなんて気づかなかったわ」

「一週間もあんな状態を続けていながら、わたしがそれを信じると思う？　アンドレはわたしのことはさも軽蔑《けいべつ》したように扱うくせに、あなたにはホテルの自分のスイートルームを提供するのよね」

「アンドレと同じ部屋に泊まっているのかい、ジャンナ？」リコが非難がましくきいた。

「彼のスイートには部屋が二つあるの。だからご両親の到着まで、一方を使わせてもらっているわ」

「両親は来ない」

「あなたが知らせないからよ」

「独身男性の部屋に、女性が寝泊まりするのははしたない」

「車で寝泊まりするより、はしたなくないわ」

「悪いけど、猿芝居はやめていただけない？」キアラがあざけった。

美しく彩られた真っ赤な唇に平手打ちをくらわせたい衝動に駆られたが、ジャンナは暴力的な人間ではない……少なくともこれまでは。だが、何事にも最初がある。「わたしがどこに泊まろうと、あなた方にとやかく言われる筋合いはないわ！」

「リコの家族の厚意を利用してわたしの妨害をするあなたは、邪魔者以外の何ものでもないの」

「ヒステリックな女を演じるのはやめ、ここにおいで。挨拶のキスをしたい」リコがキアラに求めた。

邪魔者という言葉を否定してくれなかったところを見ると、リコもフィアンセと同じ気持ちなのだろう。あまり見舞いに来ないようにと言ったあとで、彼はキアラの失礼な態度をたしなめてくれた。それがせめてもの慰めだ。

とはいえ、そろそろマサチューセッツに引きあげるころ合いだ。たっぷり休暇がとれるほど長く今の仕事に就いているわけではないうえに、リコとは血のつながりがないから、大学当局はこの欠勤を家族の緊急事態によるものとは見なしていない。学部長からはすでに、次の月曜日に出勤しない場合は仕事を失いかねない、とあからさまな脅しをかけられていた。

キアラは見ていられないほど熱をこめ、リコの要求に応《こた》えている。ジャンナは二人の邪魔をしないように横を向いたが、キスは何分も続いた。やがて、最愛の男性がほかの女性とキスをしている部屋にいるのがいたたまれなくなり、ジャンナは部屋を出た。きっと二人は気づかないと確信しながら。

「言ったでしょう、彼女はあなたに夢中なのよ」

キアラの声は開け放したドアから飛びだし、エレベーターを待つジャンナの耳まで達した。

屈辱感がうねりながらジャンナの肌を染める。秘めた愛をはぐくむのに八年も費やした。その愛があんな意地悪女のあざけりにさらされるのは、もう我慢できない。リコにも腹が立つ。彼は貪欲《どんよく》で油断ならないフィアンセを妬かせるために、わたしを利用したんだわ。わたしにとっては大きな意味のあった彼との触れ合いも、キアラをつなぎ止めるための駆け引きにすぎなかったのよ。

リコ自身も、ジャンナやアンドレと同じく、キアラの慌ただしい見舞いに不満をいだいているのだ。

「僕に対するジャンナの気持ちは、君には関係ない」我ながら刺《とげ》のある言い方だと感じたが、リコはあえてそれをやわらげようとはしなかった。

キスはリコの目を曇らせはしなかった。ジャンナに対するキアラの悪意に満ちた態度、抑えのきかない様子を、彼はちゃんと見ていた。

「この部屋に入ってきたときのような態度で、二度とジャンナに話しかけないでくれ。僕を心から慕う彼女を笑いものにするな」

キアラの目がショックに見開かれた。「どうしてそんなことが言えるの？　ほかの女があなたにどんな気持ちをいだいているかは、わたしにも大いに関係があるわ」

「ジャンナは君の立場を脅かすような存在じゃない」本当にそうだろうか、とリコは自問した。もしあのとき、キアラが入ってこなかったら、僕は彼女にキスをしていただろう。自分がそんな無節操なことのできる男とは思いたくない。だが、キアラに愛情をささげる義務があるにもかかわらず、ジャンナの手を放したくなかったのは事実だ。指で触れた彼女の柔らかな唇の感触に、キアラとの長いキスでは感じなかった感情に襲われもした。

「彼女は卑劣な策謀家よ。それに気づかないなんてあきれるわ」

　フィアンセの目にこみあげる涙も、今までのようにはリコの胸に響かなかった。キアラの見舞いの時間はあまりにも短く、ジャンナへの不満も芝居がかっている。

　本当の策謀家はいったい誰なんだ？

　ジャンナはリコを見舞うのを翌日の夜まで待った。

　病室に入ったとたん、彼女は苦笑した。リコがベッドの上にしつらえたテーブルにノートパソコンを置き、キーをたたいていたからだ。しかも一方の手には携帯電話が握られ、誰かと話している。彼をビジネスの世界から長く隔離する手立てはないらしい。

　リコが目を上げ、ジャンナに気づいた。そしてベッド際の椅子を目で示したので、ジャンナはそこに座り、電話が終わるのを辛抱強く待った。

　目のまわりのしわのせいで疲れて見えるが、リコの顔色はきのうよりずっといい。髪も洗い、いつものようにきちんととかしつけている。ネイビーブルーのシルクのパジャマはどうやら新品らしい。それはそうだろう。リコにパジャマを着て寝る習慣があるとは思えない。

　電話を切ると、彼はノートパソコンをのせたテーブルを脇《わき》に押しやった。「市内観光で忙しかったのかな？」

「観光？」

「きのうの朝から見舞いに来なかった」

「見舞いに来すぎるとキアラがいやがると言ったのはあなたよ」

「来るのをやめてくれとは言っていない。僕がまた昏睡状態に陥っているかもしれないのに」

　言っていることはめちゃくちゃだが、ジャンナにはリコがとてもかわいく思えた。まるでわたしがいなくて寂しがっていたみたい！「今はここにいるわ。それに、もし容態が悪化すれば、アンドレが教えてくれたはずだし」

「なるほど、アンドレか。君はあいつとホテルのスイートルームで同居しているんだからな」

「同居なんかじゃないわ」リコのいらだちの原因を知りたくて、ジャンナは彼の顔を見つめた。「どこか痛いの？」

「銃で撃たれたうえに、車にひかれたんだぞ。明るい部屋でも目の前にある自分の手が見えないような男の運転する車にね。いくらか痛むのは当然だ」

ジャンナは笑いを噛《か》み殺した。「その人、まさか自分が走っている道路に人が空から目の前に降ってくるなんて、思っていなかったのよ」

「まったく、どじなやつだ」

「アンドレの話では、女の人の命を救ったんですって？ つかまった強盗の犯罪記録には、あなたの腕の長さほど前科が並んでいて、そのほとんどは暴力がらみだったそうよ。すでに二人の女性を殺しているとか」アンドレはさらに教えてくれた。被害者の女性が病院へ礼を言いに来たが、リコは自分自身の警備担当者にジャンナ、弟、キアラ以外の見舞客はすべて断るように命じた、と。ジャンナはそのことも話したあとで、つけ加えた。「お礼を言われたくなかったんでしょう」

「礼など必要ない。僕は男だ。目をつぶって通り過ぎるなんて、できるわけがない」

「わたしに言わせれば、あなたは平均以上の男よ。英雄だわ」

リコの目が少しばかりなごんだ。「キアラは、僕がこんなことになったのは自業自得だと思っている」リコは動かない脚を指差した。

ジャンナは慌てて、かばうようにリコの腕に手を添えた。「いいえ、そんなふうに思ってはいけないわ。あなたは最高の男であろうとしたのよ。ひどい目に遭ったけれど、似た場面にでくわしたら、きっとまた同じことをするわ」

リコに手を取られ、ジャンナはきのうのことを思い出した。肌の接触が引き起こしたすばらしい感触と、キアラを妬かせるために触れただけだと察したときの苦い気持ちの、両方を。

ジャンナは手を引っこめてあとずさり、急いで言った。「長くここにいる気はないの」

「なぜだい？　アンドレとホットな約束でも？」

「彼はディナーに連れていってくれるけれど、ホットな約束とは言えないと思うわ」

「弟に年上の女性としての過大な期待はかけないほうがいいよ。あいつはまだ身を固める気がない」

「結婚どころか、どんな期待もかけてないわ。彼がわたしといるのをいやがらないから、一緒に食事に行くだけよ」

「僕も君といるのをいやがっていない。ここで僕と一緒に食べればいい」

「どうしたの、リコ？　キアラがモデルの仕事で忙しく、一緒に食事をしてくれないとか？」キアラを嫉妬させるために利用されたという思いにさいなまれ、ジャンナはいつもの彼女らしくない刺のある言い方をした。

「僕のフィアンセのことに口出しするな！」

リコの険しい表情にジャンナの怒りはたちまち消えた。悪いことを言ってしまった、と彼女は悔やんだ。今、ようやくわかった。彼の怒りはひそかな苦悩の現れだったのだ。

「アンドレに電話をかけて頼んでもいいけれど。夕食の食べ物を買ってきてって」

「僕がかけるよ」リコはアンドレにテンポのよいイタリア語でまくしたて、手はずを整えてから電話を切った。

「アンドレに君の部屋を別に取るように言った」

「聞いていたわ。でも、その必要はないの。泊まるのはあとひと晩だけだから、わたしの自制心とアンドレの貞節はきっと守られるわ」

「君がアンドレを襲うとは言っていない」

「わたしみたいな年上の女が、アンドレのようにマッチョなイタリア人男性を教会の祭壇に連れていくには、ほかにどうすればいいわけ？」

「どうして、あとひと晩だけなんだ？」

「明日、家に帰るからよ」

「なぜ帰る？　僕はまだ回復していない。僕がもうすぐ退院できるように見えるかい？」

「わたしがここにいて、あなたの手を握ってあげる必要はないわ。アンドレやキアラがいるんですもの。それに、あなたのフィアンセはわたしが邪魔なようだし」

「君はキアラの代理として、まる五日間僕に付き添ったわけじゃあるまい」

つまりリコは、わたしが寝ずの看病をしたことを知っているのね。おそらく、わたしがどんなに彼を愛しているかにも気づいている。だからこそ、ここを離れなければ……。キアラの意地悪な言葉によって徹底的に痛めつけられたプライドを、これ以上傷つけられるのは耐えられない。

「あなたはもう元気よ」

リコが手を伸ばし、手首をつかんでジャンナを引き寄せた。表情は真剣で、手首をつかむ力は青あざができるほど強い。「まだだめだ。歩けない」

「でも、いずれ歩けるようになるわ」

「君はそれを信じ、僕も信じている。だが、アンドレとキアラは違う」

「二人が間違っていることを、身をもって証明するしかないわね」

「ひとりではいやだ。君がここにいて、僕を信じてくれる必要がある」

ジャンナはリコの言葉に、気が遠くなるほどのショックを受けた。「わたしが必要なの？」

「ここにいるんだ！」

精神的な支えを求めるというより、傲慢《ごうまん》な命令に近かった。しかし、彼にとってそれを口にするのがどんなに難しかったかよくわかるだけに、ジャンナは断れなかった。「わかったわ」

リコはほほ笑み、感謝のキスを求めてジャンナをさらに引き寄せた。

その程度のことはジャンナも予測していたものの、彼がキスをしたのは頬ではなく、唇だった。唇が触れ合った瞬間、ジャンナは世界が静止した気がした。

3

生まれて初めてリコの唇を味わうジャンナのまわりで、濃淡さまざまな色彩が渦を描いた。彼の唇は引き締まって温かく、かすかに香ばしい。息を吸いこむと、胸いっぱいに男らしい香りが広がった。

ああ、リコ、指であなたの髪に触れたい。パジャマの下の胸を探索したい。ジャンナの心はうずいた。もし彼に強く手首を握られていなかったら、おそらくそうしていたことだろう。

リコが不意にキスをやめ、ジャンナはまだ離れる気のなかった衝撃的な官能の世界にひとり取り残された。ゆっくりと目を開けると、リコがほほ笑んでいた。

「ありがとう」

「ありがとう？」ジャンナはいぶかしげに問い返した。

「ここに残ってくれて」

そのときジャンナは気づいた。キスは感謝のしるしだったことに。

「ど、どういたしまして。大学に電話をし、すぐに帰るつもりはないと伝えるわ」

大学当局との交渉は難航する予感がしたが、たとえ仕事を失おうと、リコのそばを離れようとは思わない。彼に必要とされている限り。

アンドレが夕食を携えてやってくると、リコは勢いよくパスタとゆで野菜を平らげた。

「病院の食事と比べると、雲泥の差だ」

「外から取り寄せてもよかったんだぜ」アンドレが言う。

「食事は僕の最大関心事ではない。いちばん関心があるのは、ジャンナが君の部屋にいるという事態だ。気に入らないな」

「へえ、なぜだい？」

「ジャンナの評判が落ちる」

「リコ、ずいぶん時代遅れなことを言うのね」ジャンナは思わず笑った。「わたしがアンドレのスイートに泊まっても、気にする人なんていないわ」

「僕が気にする」

「でも、あなたはわたしのご主人さまじゃないし、わたしにはホテルに長期間滞在するお金がないの」仕事を失った場合はなおさらだ。

「僕が払う」

ジャンナはリコをにらみつけた。「いいえ、結構よ」

「その必要もない」アンドレが割って入った。「僕のスイートには部屋が二つある。父と母をクルーズから呼び戻さず、ジャンナも使わないとなったら、もうひとつの部屋が無駄になる」

人を震えあがらせるような目でリコはジャンナをにらみつけた。「アンドレの世話にはなるが、僕の助けは拒否するわけだな？」

「それとこれとは話が別でしょう！　スイートの空き部屋をわたしに提供しても、アンドレの負担が増えるわけじゃないのよ」

「そんなわずかな金を、この僕が出し惜しみすると思っているのか？」

「もちろん、そんなふうには思わないわ。ただ、わたしはもうアンドレのスイートにいるのよ。何をそんなに心配しているのかわからないわ。わたしは定期的に新聞の社交欄に名前が出るような有名人じゃないのよ。さらに言うなら、わたしがどこで眠ろうと、誰と夜を過ごそうと、気にする人などいるものですか」

「男とベッドを共にしたことがあるんだな？」

「あなたに関係ないわ！」

「そうはいかない」リコは、今にもベッドから起きあがり、強引に返事を迫りそうな顔をしていた。

そんなことは不可能と知りつつも、ジャンナは背筋を這《は》い下りる震えを抑えられなかった。彼女は急いでアンドレのほうを向き、目で救いを求めたが、彼は明らかに楽しんでいた。ジャンナは視線をリコに戻した。「あなたとこんな話をするなんて、本当にいやだわ！」

「ずいぶん顔が赤いな。恥ずかしいからだろう？」

こんな質問をまともに取り合う必要があるだろうか？　否定しても、どうせ嘘《うそ》をついていると思われる。ジャンナにとっては、赤面してしまったのが運の尽きだった。「そうよ」

「経験豊富な女はそんなに恥ずかしがらない」

ジャンナの我慢は限界に達した。「その確信はあるの？　わたしは無数の男とベッドを共にしたかもしれないし、今も、アンドレのベッドで寝ているかもしれないわ」

ジャンナは、危険なまでにリコを挑発してしまったことに気づいた。クールなイタリアの大物実業家は、食事ののった携帯用テーブルを猛然と部屋の隅に押しやり、アンドレに向かってどなりはじめた。

ジャンナは流暢《りゅうちょう》なイタリア語を話すが、それでもすべて理解できるわけではない。わかった言葉の端々から判断すると、リコが弟をこっぴどくののしっているのは明らかだ。いつもはにこやかなアンドレの顔がショックにこわばった。ジャンナがいくら冗談だと訂正しても、リコの憤りはおさまらない。両手を振りあげながら、ますます怒りの演説に力をこめている。もし脚が動いたら、アンドレは間違いなく床にたたきつけられていたことだろう。

「お願いだから落ち着いて」ジャンナははじかれるように腰を浮かし、二人の男性の間に立ちはだかった。「わたしは仮の話をしたまでで、実際にそうしたと言ったわけではないのよ、リコ……」

彼の手がさっと腰にまわり、ジャンナはベッドに座らされた。リコのてのひらは驚くほど優しく、だが、しっかりと彼女の顎を包んだ。

「君は弟のベッドで寝ているのか？」

「いいえ、男の人とそうしたことは一度もないわ」

「だが、君はいかにも経験豊富なふりをして、僕を脅した」

リコがどうしてそれほどこだわるのか、ジャンナにはまったく理解できなかった。彼は、わたしの父が亡くなってから、わたしに責任のようなものを感じていたのかもしれない。

「脅してなんかいないわ。あなたがわたしを困らせ、怒らせたのよ。たいがいの女の人は……わたしの年ごろには、ある程度の経験があるものだけど……」

「君にはない？」

「ええ」ジャンナは失望のため息を噛《か》み殺した。リコがキアラと結婚しても、この状態は変わりそうにない。

　リコは指先でそっと彼女の頬を撫《な》でてから、手を離した。「僕に正直に話すのを恥ずかしがってはいけない」

　どこからそういう発想が出てくるのか、ジャンナには不思議でならなかった。恥ずかしがらずに話せる話題だろうか！　大学の女友だちにさえ、バージンだと認めたことはないのに。しかし、また怒りを買うのがいやで、彼女は黙っていた。

　ジャンナは立ちあがろうとしたが、腰にまわされていたリコの手に阻まれた。「リコ？」

「君はとても清純だ」

　ジャンナは顔をしかめた。この評価はもう完全に定着している。「わたしの寂しい男性関係に対する分析が終わったら、行かせてもらえるかしら？　ホテルに戻りたいの」

「ほかの部屋に移るんだろうな」

「だめだ」アンドレが断固として拒否した。「ここはニューヨークだよ、リコ。ジャンナをひとりで宿泊させるのはよくない。たとえ警備態勢の整ったホテルでも」

「では、僕の警備チームのひとりに部屋を見張らせる」

「僕より赤の他人と泊まるほうがいいというのか？　そんなばかなことがあるもんか！」

　ジャンナはリコに注意を向けた。彼はしかめっ面をして考えこんでいる。

「キアラもそのスイートに泊まらせるべきだな」

「とんでもない！」アンドレとジャンナが同時に叫んだ。

「どうして？」

　あなたのフィアンセはいやな人だから我慢できな

い、などとどうして言えよう。ジャンナは咳《せき》払いをして、あの身勝手な女性との同宿をうまく断る方法を懸命に考えた。

「キアラがジャンナについてなんと言ったか、ジャンナから聞いたよ」アンドレはさも不快そうに言った。「ジャンナがマサチューセッツに帰ると言いだしたそもそもの原因は、君のフィアンセにある」

「今度は僕のフィアンセからジャンナを守ろうとしているのかい？　君たち二人が僕に言いたいことは、本当に何もないんだな？」

　自分に対するリコの過剰な責任感に、ジャンナはうんざりした。わたしはリコに守ってもらわなければいけないような弱い女ではない。父が亡くなるずっと前から、経済的にはともかく、精神的には自立していた。それともリコは、わたしがディリナルド家の次男を結婚相手としてねらっていると、本気で思っているのだろうか？

「まったくどうかしているわ。わたしはアンドレをくどきもしないし、押し倒したりもしないわ」

　まさにイタリア人男性らしく、アンドレは笑った。

「だからって、僕がそうしたくないと言っているわけじゃないんだぜ」

　リコはジャンナの腰にまわした手に力をこめ、弟をにらみつけた。「その冗談は場違いだ」

「兄さんの手の位置だって場違いだ。ほかの女と婚約していることを考えれば」

　それでもリコは手の力を緩めない。「ジャンナは家族同然だ」

「へえ、そうかな？」

「もうたくさん」ジャンナはリコの手を振りほどいて立ちあがるなり、腰に手を当てて言った。「わたしにニューヨークにいてほしいのなら、アンドレのスイートに滞在することを認めて。たとえ男性経験のないオールドミスでも、好みというものがあるの。

当の本人を前にして、平気でわたしの話をする礼儀知らずの傲慢《ごうまん》な男は、わたしの好みじゃないわ」

リコは〝オールドミス〟という言葉にたじろぎ、アンドレはそれ見ろと言わんばかりの表情をした。

「そうとも。兄さんは見た目からして古くさいが、僕は現代人だ。二十三歳の女性が独身でも、少しも変だとは思わない」

「結構ね。では、現代人にお願いするわ。わたしをホテルに連れていってちょうだい。少しひとりきりになりたいの」

リコはまだぶつぶつ言ったが、最後にはしぶしぶ同意した。そうするよりほかなかったのだろう。リコのためなら解雇通告さえ恐れないほど彼を愛しているとはいえ、ジャンナは言われるがままに動くような女ではないのだから。

それからの二週間、ジャンナはリコに対して、仕事をしすぎるだの、リハビリテーションをおろそかにしているだの、説教のしどおしだった。リコが私立病院に移り、病室にインターネットの高速回線を引きこんだときも文句をつけた。そしてその日のうちに、彼女は病室の電話のコードを引き抜き、病院の職員に渡した。ジャンナはそれほどに強硬だった。

一方、キアラは病院にはわずかな時間しか顔を出さず、リハビリテーションにもつき合おうとしなかった。そして二日前、秋物のファッションショーのモデルを務めるため、パリへと発《た》った。

リコにとって、それはむしろ歓迎すべきことだった。男なら誰しも、恋人に自分のふがいないところを見られるのはいやなものだ。動かしたくても動かない役立たずの脚が、リコにはうとましくてならなかった。

フィアンセが去り、彼女のジャンナに対する悪口がなくなったことにせいせいしたからといって、誰がリコを責められるだろう。ジャンナをかばってキアラを怒らせたことは一度ならずあったし、これからもきっとあるに違いない。リコは自分の人生のかなりの期間、守り慈しんできたジャンナが侮辱されるのは我慢できなかった。彼の体の具合に対するキアラの関心も薄くなった。きっとまた歩けるようになるわ、と言いながらも、目は違うことを物語っていた。

ジャンナは今なお、揺るぎない信念を持って、下半身の感覚はそのうち戻るとリコを励まし続けている。そして、時間をかければ打撲による背骨の損傷は完治する場合が多い、という入院一週目に医師がした話を繰り返した。リハビリテーションにも、付き添うだけでなく、積極的に手伝った。もっとも、リコが感謝しているのはそのことではない。彼が必要としているのは、彼女に信じてもらうことだった。

「電話を返してくれ」リコはジャンナに噛みついた。

「これで十五分の間に三度目よ。電話ばかりしていては歩けるようにならないわ」

理学療法士がうなずいた。「ジャンナの言うとおりですよ、ミスター・ディリナルド。治療に専念してほしいですね」

共謀者のようにジャンナとほほ笑み合う理学療法士を見て、リコの血圧は跳ねあがった。この筋肉隆々のハンサムなブロンド青年は、ニューヨーク随一の理学療法士ということだが、できるものなら、リコは喜んでたたきのめしただろう。

「大事な商談中なら、電話を取らないでしょう?」

「あいにく僕は商談中じゃない。彼が……」リコは療法士を指差した。「こうすれば魔法のようにもうすぐ自力で動かせると言わんばかりに、僕の脚を動かしている間、僕は退屈を持て余している」

「これは魔法じゃないわ。トレーニングよ。あなたがトレーニングを怖がるとは意外ね」

「このリコ・ディリナルドがトレーニングを怖がるだって？　君はちょっと頭がおかしいんじゃないのか？」

「強気の言葉を聞けてうれしいわ。じゃあ、リハビリテーションが終わるまで、電話が許されない理由はわかったわね」

「せめて留守番電話にするくらいは許してくれ」

「もうそうしてあるわ。だから、わざわざ取り返そうとしなくても、電話を受け取ったも同じよ」

ジャンナは病室のドアを軽くノックした。だが応答はない。いつもは朝食後に訪れ、午前中のリハビリテーションが終わるまでいることにしている。しかし、今日は来るのが遅くなったので、リコはもう治療室に連れていかれたのだろう。

きのう、ジャンナは車を飛ばし、マサチューセッツへ日帰りで行ってきた。そのためへとへとに疲れ、夜も遅かったせいで、寝すごしてしまったのだ。

マサチューセッツでは、大学の寮に足を運び、もはや自分のものでなくなった家具付きの部屋から私物を回収してきた。学部長がニューヨーク滞在を大目に見てくれないだろうという予測が的中したのだ。

二度目のノックにも返事がなかったので、ジャンナはドアを開けた。自分がリハビリテーションに参加できないことは特に気にならない。対処がどんどん難しくなっているからだ。理学療法士の主張で、リコはリハビリテーションを受けるとき、スポーツ用のショートパンツとぴったりしたTシャツを着用している。それで、彼の筋肉の細かな動きまですっかり透けて見え、目のやり場に困ってしまうのだ。のぞき見でもしているような気分にさえなる。

彼を勇気づける正真正銘の〝チア・リーダー〟でいられればいいのだが、それは至難の業だった。十五歳のときから彼を愛し続けてきたジャンナにとっては、彼の一時的な体の麻痺《まひ》や時折見せる不愉快な感情の爆発も、彼に寄せる思いを抑える力にはならなかった。

病室に入ったとたん、警報と共に踏切の遮断機が目の前に下りてきたかのように、ジャンナは足を止めた。見たこともないほどセクシーなブリーフ姿で、リコがベッドの端に座っていたからだ。バージンのジャンナにとっては見慣れない光景だが、リコ以外の男性ならばさほど動じることはなかっただろう。しかし、彼女の目に飛びこんできたのは、まさにリコの下着姿だった。

「わたし……あなたはてっきり……ドアが……」

さっとジャンナのほうに向けたリコの顔は、意外にも意気揚々としていた。

「リコ……いったい？」

「ずいぶん、言葉に苦労しているようだな」

ジャンナは無言でうなずいた。

リコは晴れやかな顔で笑い、勝ち誇ったように銀色の目を輝かせた。「爪先に感覚がある」

わずかに間をおいて状況を理解するや、ジャンナは彼を抱きしめたくて病室を飛ぶように横切った。そしてたくましい胸に勢いよく飛びこむと、リコは仰向けに倒れた。ジャンナも興奮のあまりわけのわからない言葉を発しながら一緒に倒れこむ。

「思ったとおりよ。あなたならきっと成し遂げると信じていたわ！」

ジャンナの下で、リコがたくましい体を震わせて笑った。「かわいいジャンナ、それを成し遂げたのは僕？　それとも神さま？」

ジャンナの喉から笑い声がはじけ、彼の笑いとまじり合う。「両方が半分ずつじゃないかしら。いつわかったの？」

「夜明け前に足がちくちくして目が覚めた。その感じは夜が明けるにつれ、感覚になった」

彼の声ににじむ安堵《あんど》とないまぜになった喜びに、ジャンナは感激し、気持ちがなごんだ。「ああ、リコ……」

「おいおい、僕の上で洪水を起こさないでくれ」

ジャンナは潤んだ目でほほ笑み、まばたきをして涙が落ちるのをこらえた。「夢を見ているんじゃないでしょうね。わたし、本当にうれしいわ」彼女は言い訳がましく言い、頭がはっきりしているときなら決してしないこと――キスをした。

ほんの祝福代わりのつもりだったのに、ひとたび髭《ひげ》のざらつくリコの顎に触れてしまうと、ジャンナの唇はそこから離れるのをいやがった。彼女の心はうずいた。キスを続けたい、彼の肌を味わいたい、首筋をそっと吸い続けたい、と。離れたほうがいいとわかっていても、できなかった。あと一秒だけよ、そのあと彼を放して服を着させるのよ。ジャンナは自分にそう言い聞かせた。

やがて、ジャンナははっと気づいた。ほとんど何も身に着けていないリコに、自分が毛布のようにべったりと張りついていることに。彼女は半身を起こした。しかしそれは、V字形に開いた彼の腿に脚を押しつけ、スカートをあられもない格好にせりあげる結果になった。膝をつき、彼からそっと離れようとしたが、男性の肌に直接触れるという生まれて初めての経験をしたにすぎなかった。

ジャンナは呆然《ぼうぜん》とした。

薄いシルクの下着は、リコの肌のぬくもりと、彼の脚のエロティックな刺激を遮りはしない。ショートブーツとソックスではなく、パンティストッキングを着けてくるべきだった、とジャンナは悔やんだ。それなら少なくとも、彼と直接に素肌が触れ合うことはなかっただろう。爪先から髪の生え際までほてりが広がる。恥ずかしさと官能の喜びに引き起こされたほてりが。「リコ……」

「また言葉が出なくなったね、かわいいジャンナ」物憂げな声におかしそうな響きがまじる。

今のジャンナは、決してかわいい少女の心境ではなかった。それどころか、この瞬間ほど自分が大人の女に思えたことはない。「ごめんなさい」ジャンナはつぶやき、再び体を離そうとしたが、腰にまわされた二本のたくましい腕に妨げられた。

「君が自責の念に駆られる理由はまったくない。興奮しているのは僕も同じだ」

それはどうかしら？　彼の興奮は再び歩けるかもしれないという純粋な喜びに根ざしているのに、わたしの興奮には性的なものがまじっている。

腰に当てられたリコの両手が動き、気づいたときには、ジャンナの顔はリコの顔の真上にあった。

「僕はうれしい」

「わたしもよ」いくら息遣いをしずめようとしても、肺に流れこむ空気の量がオリンピックで競技中の選手並みになっている。

リコの口もとが緩んだ。「わかるよ」

「本当？」ジャンナは上の空できいた。二人の唇の距離を縮めたくて、その方法を模索しながら。

ジャンナの気持ちを察して、リコの銀色の目が大きく見開かれ、抑制していた欲望が表面に浮き出た。

「何人の男がこのふっくらとして魅力的な唇にキスをしたんだろう？」

「な、なんですって？」キスの経験が多いかどうか知りたいのかしら？　わたしのキスの歴史にリコが興味を持つはずないのに。

リコが彼女の経験の程度を自ら確かめにかかると、ジャンナの物思いは中断された。体の位置は上でも、唇はリコの唇に引きつけられ、捕虜にされようとしている。いつの間にか、彼の手はジャンナの頭の後ろを支え、顔をしかるべき位置へと導いていた。

手慣れた様子で唇が重ねられると、ジャンナは思わず唇を開いた。すかさずリコはキスを深め、彼女の口の中を味わった。

以前はこんなキスが大嫌いだったのに、相手がリコだと、信じられないほどすばらしく思える。ジャンナはふしだらな女のようにリコに向かって体をくねらせた。

やがてジャンナは積極的に彼の激しいキスに応《こた》えはじめた。彼の胸を奔放にまさぐりながら。唇を合わせ、息をからませて自分の下で横たわるリコの体が、この瞬間のジャンナにとってはすべてだった。

だが、それは長く続かなかった。

「リコ！」

戸口から響きわたる女性の叫び声に、ジャンナはすさまじい勢いで官能の世界から引き戻された。

4

ジャンナはリコから自分の唇を奪い返し、彼女を抱く彼の手が離れたのを機にたくましい体の上から滑り下りた。そして、大急ぎでベッドを離れ、恥ずかしさに肌を赤く染めながら、チェックのスカートの乱れを直した。

「なんてけがらわしい人なの！」リコが体を起こそうと頑張っている間、キアラはジャンナに怒りをぶつけた。

リコが吐き捨てるようにイタリア語で何か言ったが、五感がまだぼうっとしていて、ジャンナにはさっぱり聞き取れなかった。ただ、こんなに早くニューヨークに帰ってくるとは思わなかった、と言ったのだけはわかった。ほかに何を言ったにせよ、キアラはそれを聞いて、酔っぱらいのようにふらふらとあとずさり、悪意をむきだしにしてジャンナをにらみつけた。

「疑いの余地なしね。こんなこと、もう我慢できないわ。リコ！　聞いてるの？」

おそらく病院の全従業員が聞いたと思うが、ジャンナは指摘するのを控えた。

キアラがジャンナに向かって言った。「ここで何があったか、わたしが知らないとでも思っているの？　リコがあなたみたいな十人並みの小娘にちょっかいを出すと信じるほど、わたしはばかじゃないわ。彼に女として認められたい一心で、あなたが自分から体を投げだしたのは明らかね。でも、リコのような男性にとって……たとえ半身不随でも……あなたは全然物足りないわ」

キアラの言葉はいちいちジャンナの胸を突き刺した。自分がリコの好みでないことくらいわかっている。それに、キアラの言うことは正しいから、後ろめたくもある。リコはうれしいニュースを報告しただけなのに、わたしは自分から彼の胸に飛びこみ、キスをして、彼の気を引いたんだもの。

もちろん、それだけではリコがキスを返した理由は説明できない。たぶん、彼は男として反射的に応じてしまったのだろう。

ジャンナがまさに謝ろうとしたとき、キアラがリコに向かって言った。「この薄汚い女をすぐさま追いだしてちょうだい！　さもなければ、わたしがここを出ていくわ。そして二度と帰ってこない！」

ジャンナは全身が凍りついた。リコがどちらを選ぶかはわかっていた。この一年、ジャンナとはなんの関係もないのよね、とキアラに念を押されるたびに、彼は同じ選択をしてきたのだから。

「さあ、どうするの、リコ？」目に嘘《うそ》くさい涙をいっぱいにため、つややかな唇をとがらせて、キアラは迫った。

「返事はわかっていると思う」

それがジャンナの記憶に残る最後の言葉だった。彼女はくるりとベッドに背を向け、熱い涙に頬を焦がしながら、ふらつく足で小走りに部屋を出た。リコに呼び止められたような気がしたが、ジャンナは空耳だと思い直した。

彼はもう決めたのだ。わたしを遠ざけることに。けれど、きのう限りでわたしが戻れる場所はなくなっている。でも、それよりつらいのは、キアラの手でリコの人生からむざむざと追放されてしまったことだ。ジャンナは胸をナイフで切り刻まれたような痛みを覚えていた。

ジャンナはホテルに戻り、ベッドに倒れこんだ。アンドレがリコの代理でローマで開かれている銀行家会議に行き、不在なのはありがたかった。おかげで彼女は誰にも邪魔されずに荷造りをし、悲しみに浸ることができた。

今、彼女は父が亡くなったときと同じ気持ちだった。寂しく、途方に暮れ、苦しんでいる。しかし、父の死では経験しなかった感情もあった。それは恥ずかしさだ。

ジャンナはうめき声をあげ、枕《まくら》に顔をうずめた。だが、顔を隠しても、心の苦しみは隠せない。自分を完璧《かんぺき》な物笑いの種にしてしまった。まったく情けない。

そのとき、電話が鳴った。苦悩にあえぐジャンナは無視した。どうせ、客室係あたりからだろう。

それとも、リコの主治医かしら？　しまったとばかり、ジャンナが体を起こして手を伸ばしたとたん、電話は切れた。まあいい。どのみち、話をする気分ではなかったのだから。

　だが、電話をかけてきた相手が主治医かもしれないという思いが脳裏をかすめたことで、心配がわき起こり、ジャンナはいっそう落ちこんだ。わたしがいなくなったら、誰がリコを励ましてリハビリテーションに専念させるのかしら、と。理学療法士は堂々たる体格の持ち主なのに、リコを恐れている。アンドレでさえ、リコが機嫌の悪いときには何も言えない。リコの病室にインターネットの高速回線を引くよう手配したのは、ほかならぬアンドレだった。リコが仕事にエネルギーを注ぎすぎないように目を光らせる人間は、まわりにひとりもいないのだ。

　熱い涙が目の奥を焦がす。本当に愚かなまねをしたものだ。そのためにリコは放置される結果になった。本気で彼に必要とされていると思うほど思いあがってはいないけれど、予定どおりリハビリテーションを続けさせる誰かがリコには必要だ。キアラは絶対にそんなことをしない。あの美しいモデルは、人の世話をするにはわがままずぎる。

　ジャンナは胎児のように体を丸め、懸命に涙をこらえた。

　どれくらい絶望の淵《ふち》に沈んでいたかはわからない。しばらくしてジャンナは立ちあがり、荷造りの仕上げにかかった。そのとき、スイートルームの入口のドアが開く音が聞こえた。アンドレが帰ってきたらしい。ローマから帰るのは明日だと思っていた。どうせいつかは彼と向かい合い、自分の愚かな行為とキアラに突きつけられた最後通告について話さなければならない。それなら、今話しても同じことだ。

　重い足どりで居間に行ったジャンナははっと立ち止まり、我が目を疑った。

「どうして電話に出ないんだ？」額にしわを寄せ、リコは腹立たしげに問いただした。

「あなたからだったなんて知らなかったわ」

　リコがここにいる。この部屋に。最新式の車椅子に座っている以外は、頭のてっぺんから爪先まで、まさにイタリアの大物実業家そのものだ。つややかな黒髪はきれいに撫《な》でつけられ、アルマーニのスーツにはしわひとつない。それより恐ろしいのは、銀色の目にきらめく怒りの炎だ。

「君は逃げた」

「あなたが望んでいると思ったからよ」リコのフィアンセが望んでいたのは確かだ。「キアラは？」

「出ていった」

「わたしのせいで？」リコが愛する女性を失った原因が自分の恥ずべき行為にあると思うと、ジャンナは心底ショックを受けた。

「僕は自分の友だちづき合いに口を挟む者を許さない。そのせいだ」

「ごめんなさい、あんなふうにあなたの上に飛びのったりして」

「それは、僕の爪先の感覚が戻ったと聞いて興奮したからだ。僕も同じだった」

「でも、わたし……キスをしたわ。あれじゃまるで……あばずれ女ね。あなたを襲ったりして」

「君は、情に厚くて元気のよい女性が思いを寄せる男性に当然することをしたまでだ」リコは車椅子を近づけた。「君は僕に惹《ひ》かれているんだね？」

「ええ」ジャンナは顔を伏せ、リコと目を合わせないようにした。婚約者のいる男性に愛を告白することに対して彼がいだくに違いない嫌悪感を見たくなかった。

　リコは温かくたくましい指先でジャンナの顔を上向かせた。「何も恥ずかしがることはない」

「でも、キアラが……」

「彼女は去った」

「もう帰ってこないということ？　あのキスにはなんの意味もなかったと、あなたは弁解しなかったのね？　悪いのはわたしだと、キアラは知っていたのに」

「キアラは体の不自由な男に縛りつけられたくないんだ」

彼の言葉に強い衝撃を受けたジャンナは、リコの足もとにひざまずき、彼の手を取って自分の胸に押し当てた。「麻痺《まひ》は一時的なものよ。キアラにはそれがわからないのかしら？　爪先に感覚が戻ったことは教えてあげたの？」

「僕がキアラに何を言おうが、君には関係ない。キアラはもう僕の前に現れない。僕はそれを受け入れた。だから、君も受け入れてくれ」

「でも……」

リコは、ドアが開いたままのジャンナの部屋に目をやった。そして、ベッド脇《わき》に置かれたスーツケースに気づいてすべてを察した。「出ていくつもりだったんだな？」

「あなたが望んでいると思ったの」

「僕は君に残ってほしいと言った。違うかい？」

「ええ。でも――」

「〝でも〟はなしだ。君はここに残る」

「わたしは――」

「大学にはまだ帰らない、君はそう約束した」

「帰りたくても帰れないわ。解雇されてしまったんですもの」

そのとき不意に、ジャンナは彼の手がまだ顎に添えられていることに気づいた。彼女はすばやくその手を外して立ちあがった。しかし、その場を離れる前に、リコに手首をつかまれた。そして手を引っ張られているうちに、彼女はいつの間にかリコの上にのりあげていた。彼の上にのるのは今日これで二度目だが、今回は膝の上だ。しまいには、たくましい彼の腿から脚をぶらぶらさせ、膝の上で横座りする羽目になった。

「解雇された？」

「そうよ。つまり、今のわたしは勝手気ままな自由の身……」失職中で再就職の展望もないことを、ジャンナは笑い飛ばそうとした。もともと助手の仕事を得たのはまぐれだったから、再び同じことが起こるとは思えない。「あなたがいてほしいだけ、いられるわ」

「パメラはどうした？」

継母《ままはは》の名を耳にしても、ジャンナの動揺は少しもおさまらなかった。父親の死後、パメラからはっきり言い渡されている。わたしたちは家族ではなく、赤の他人よ、と。「彼女は父が死んだ二カ月後、家と家財道具のほとんどを売り払い、引っ越したの。今はフレンチ・リヴィエラで、父の教え子のひとりと快適に暮らしているわ」

リコの目が険しくなった。「彼女が君の家を売り、家族の財産を処分しただって？」

ひどく立腹した声だ。もちろん、そうだろう。彼のように古いタイプのイタリア人には、家族のよりどころである家や家財を故意に処分するなど、とても理解できないに違いない。現にディリナルド家は、ミラノで一世紀以上も同じ屋敷で暮らしている。

「今までどこに住んでいた？」

「大学の家具付きの寮よ」

「家具付きの寮？　引っ越すまで、どれくらい待ってもらえるんだい？」

「きのう向こうに行き、全財産を車に積みこんできたわ」

「じゃあ、ホームレスなんだな？」

「ええ。しばらくはここにいるけど、あなたが歩けるようになり……わたしの応援がいらなくなったら、住むところを探すつもりよ」

「それは賛成できない」

「心配しないで。子どもじゃあるまいし、自分の面倒ぐらい見られるわ。十八歳で大学に入ってから、ずっとそうしてきたんだもの。パメラはわたしの帰省を決して喜ばなかったわ。夏休みでも――」

「だから、休みになるたび、僕の両親のところに来たんだね」

「あなたのご両親はすばらしい人たちよ、リコ」

「ああ、わかってる。だが、君も並外れてすばらしい」

彼の褒め言葉に心がなごみ、ジャンナはほほ笑んだ。「ありがとう。あなたも結構すばらしいわ」

「結婚してもいいほどに？」

心臓が一瞬止まり、それから早鐘を打ちはじめた。

「結婚？」

「キアラと同じく、君もたぶん、体の不自由な男と人生を共に歩みたくないだろうな」

ジャンナは心の底から怒りがこみあげ、リコの胸を拳《こぶし》でたたいた。「自分のことをそんなふうに言うのはやめて！ たとえ一生脚が動かなくても、もちろんそんなことはないとわかっているけど、自分をおとしめるのはやめて！」

「治ると信じているのなら、結婚してくれ」

「でもあなたは、わたしと結婚したいと思っているわけではないわ！」

「僕は子どもが欲しい。母は息子が嫁を迎えるのを期待している。相手が君なら、母はきっと喜ぶ。そう思わないか？」

リコの子どもを産めると思うと、気持ちが揺らぐ。でも……。「そんなの、ばかげてるわ。あなたはキアラに腹を立てているけど、わたしを妻とし、一生を共にしたいとは思っていない。それは自分でもわかってるはずよ」

「僕はイタリアに帰りたい。君も一緒に来てほしい」

「もちろん行くけれど、わたしをイタリアへ連れていくために結婚を申し出ているのなら、その必要はさらさらないわ」

「僕の子どもを産むことは？　未婚の母親で満足なのか？」

　ジャンナは頬を真っ赤に染めた。「言ってることがわからないわ」

「僕は息子が欲しいと言っているだけだ。理解するのがそんなに難しいとは思わないが？」

　確かに難しくはない。リコはすばらしい父親になるだろうし、以前から父親になりたいと公言してもいる。「でも……」

「君には体外授精を受けてもらわなければならない。僕にはその能力が……」

　今度はリコが言いよどむ番だった。それを口にするのが彼にとってどんなに屈辱的なことか、ジャンナにはわかっていた。

「そんなことはないわ。今の状態は一時的なもので、長くは続かないわ」

　肝心なことを答えていない、とリコの顔は語っていた。「もしかして、処置を受けるのが怖いのかい？」

「いいえ」ジャンナはリコの顔を見つめた。そして、そこに浮かぶ強烈な意志に心を揺さぶられ、息をのんだ。「リコ――」

　彼はジャンナの唇に指を当てて遮った。「考えてみてくれ」

　ジャンナはこくりとうなずいた。たとえリコとの結婚をさほど望んでいなかったとしても、あからさまには断らなかっただろう。キアラに拒絶された彼にそんな仕打ちをするのは残酷すぎる。

「そして考えている間、これはどうだ……」

　指に取って代わったリコの唇が、ジャンナの思考力を奪った。快感が奔流となって、全身にほとばしる。胸の先端がシルクのブラジャーの内側にこすれて痛み、腿の付け根は激しくうずいていた。これは何かを探るキスではない。五感への総力をあげた攻撃だ。キスを深めようとするリコの動きに、ジャンナはわずかな抵抗さえできずに屈し、唇を開いた。

彼女の最も秘めやかな部分はますますうずき、今まで感じたことのない欲望を生みだした。

ジャンナはうめき声をあげ、リコの上着の襟をしっかりとつかんで、全身を彼に押しつけた。セーターの下にもぐりこんだリコの手が、背中の無防備な肌を愛撫《あいぶ》し、震えを誘う。いつの間にか、ブラジャーの留め金が外れ、男らしい手が胸のふくらみを覆っていた。その衝撃的な快感に、ジャンナは凍りついた。どんなデート相手にも、素肌はもちろんのこと、ブラジャーの上からでも、胸を探らせたことはなかった。

だが、今、胸を覆っているのはリコの手だ。彼の愛撫が欲しくてたまらない。リコの指先が胸の先端をつまんで引っ張り、さらに硬くさせたとき、ジャンナは声をあげた。腿の付け根のうずきはいっそう激しくなり、ジャンナはもはやじっとしていられず、彼の膝の上で体をくねらせた。

リコが唇を離したとき、ジャンナはそれを追った。まだキスをやめないで、と。だが、彼はキスをやめたのではなかった。唇を彼女の口から耳の後ろの敏感な部分へと移動したにすぎない。ジャンナは震え、おののき、あえいだ。

彼の唇がうなじにすさまじい混乱を引き起こし、手が胸に甘美な拷問を与え続ける。

「君はとてもおいしい味がする、僕の大事なジャンナ」リコは肌という肌を可能な限り唇で味わい、自らの言葉を証明してみせた。

彼女のタートルネックの襟が邪魔らしく、リコは裾《すそ》を引っ張った。「脱いでしまえ」

ジャンナは目を開き、困ったようにリコを見つめた。「えっ？」

リコは何も言わない。すでにふんわりとした赤いセーターは胸の下まで引きあげられている。そしてリコの愛撫がもたらした陶酔状態から、彼の行為が理解できるくらいに覚醒《かくせい》したころには、腰から上は何も身に着けていなかった。豪華な絨毯《じゅうたん》にちらりと目をやると、彼の手によって投げ捨てられた赤いニットとシルクのブラジャーが小さく積み重なっていた。

ジャンナは素肌をリコの熱い視線にさらしていた。溶解した金属のような彼の目はほんのりと上気した胸に釘《くぎ》づけになっている。彼女は両手で無防備な胸のふくらみを覆った。「そんなふうに見ないで！」

「見せてくれ」

「でも……」

「君は僕に見てほしいと思っている」

「違うわ」

「いや、そうだ。肌をさらし、普段は隠しているものを僕に見せることによって、君は興奮する」

かぶりを振って否定したものの、彼の言うとおりだった。リコは手首をつかんでジャンナを引き寄せ、彼女の両手を胸から外させた。

ジャンナはいっさいの抵抗をやめ、彼が心ゆくまで胸のふくらみを眺めている間、体をほてらせてじっと座っていた。

トップレスで日光浴をしたことのない肌は青白く、先端を突きだして赤く上気した胸と対照の妙を見せる。長くたくましいリコの指が伸び、硬くなった胸の頂に触れた。「美しい……」

敬意のこもった彼の言葉に、ジャンナの目が潤む。「僕の美しい人《ベラ・ミア》」彼は所有権を主張するようにつけ加え、両手で胸を包んだ。

一方の手が背後からまわされているため、彼にすっぽりと包まれた感じがして、ジャンナは身を震わせた。

リコは両手でしっかりとふくらみを包み、どこで身につけたか考えたくもないほど上手に愛撫する。ジャンナは近づいてくるリコの顔を、うっとりと見つめた。胸の先端をふくんで閉じる彼の唇……。誰にも触れられたことのない肌にリコの口が触れるのを見ると、興奮が全身に走り抜ける。

やがてすべてが霧に包まれた。

リコはジャンナの肌をつねり、それからその跡を舌でやわらげた。ジャンナはそっと目を閉じ、頭をのけぞらせて喜びにむせんだ。「お願いよ、リコ、お願い……」

自分でも何を求めているのかわからなかったが、何かが必要だった。体が燃えるように熱く、気持ちを集中できない。このままでは爆発し、粉々に砕けてしまう。

この世界で、わたしが愛したただひとりの男性、リコ！

ジャンナの必死の訴えに、彼はかすれた笑い声で応《こた》えた。その間にも、ふくらはぎの内側を這《は》いあがった手が膝の裏側をくすぐってジャンナをもだえさせたかと思うと、腿の内側をさっとかすめる。彼女の両脚が自然に開き、リコの手は上へ上へと探索を続ける。そしてついに女性の源泉に達した。

その瞬間、ジャンナは激しく身を震わせて叫んだ。リコがシルクのショーツの上からまた触れる。ジャンナはうめき、恥ずかしげもなく、探検を続ける彼の指に体を押しつけた。そして彼の親指がショーツの中に滑りこむと、ジャンナは歓喜と恐怖にすすり泣いた。生まれて初めての行為。リコ以外の男性に愛撫を許すことなど考えたことさえなかった。二十三歳の今も、いろいろな意味で、ジャンナは思春期の女の子よりうぶだった。

「何をしているの？」彼女はささやいた。

「君に愛を贈っている」

なんて耳に心地よい言葉だろう。このときばかりは、ジャンナは心からリコに愛され、彼の愛撫は真の情熱に駆りたてられたものだと信じることができた。それがうれしくてたまらず、喜びは歯止めのきかないレベルにまで高まった。今この瞬間……わたしが彼を愛するように、リコもわたしを愛してくれている。たとえわたしの想像にすぎないとしても。

リコが手を引っ張り、ジャンナを自分の傍らに立たせた。もうこれでおしまいなのかしら？　そう思うと、悲しみが全身を駆け抜けた。

彼はスカートのファスナーを下ろし、赤と黒のチェックのウールを絨毯に落とした。それから、ブラジャーとおそろいのショーツを腿まで押し下げた。足もとでスカートとショーツが折り重なる。「そこから出ておいで」

リコの命令にジャンナは無意識のうちに従い、爪先でショートブーツとソックスをまとめて脱ぎ捨てた。安全な彼の世界に戻ることのみを願いながら。リコが彼女を抱き寄せ、過度に敏感になっている肌に再び愛撫を加えはじめたとき、すぐさま彼女の願いはかなえられた。リコは親指で最も敏感な部分に穏やかな刺激を与えながら、一本の指で温かな深みを探っていった。

ジャンナのすすり泣きが再び始まり、体の震えが激しくなった。全身が火山のように燃えている。崖《がけ》っ縁に立ち、ひたすら飛び下りたいと願っているのに、飛び下りた瞬間に起きることが恐ろしい。

「さあ、宙に舞うんだ、いとしい人《カーラ》。君の歓喜を僕にプレゼントしてくれ」

ジャンナは、星々が爆発する中、勇気を奮い起こしてめくるめく世界へと身を投じた。歓喜は果てしなく続き、ジャンナは叫び、そして泣いた。あるときはやめてと乞《こ》い、またあるときは続けてと懇願しながら。体がリコの膝の上からはじき飛ばされるかと思うくらいに痙攣《けいれん》するまで、彼の愛撫は続いた。

激しすぎるわ、と言おうとしたが、言葉がまったく出てこない。次々と寄せては引いていく快感の波に翻弄《ほんろう》され、ジャンナはいつの間にか彼の腕の中で半ば失神状態で震えていた。

リコは彼女を抱きかかえ、車椅子でベッドに向かった。ベッドに着くと上掛けをめくり、それからひんやりとした白いシーツにゆっくりと横たえて、体を上掛けでくるんだ。

「ゆっくりおやすみ。明日、話し合おう」

明け方、素肌に触れるシーツに違和感を覚え、ジャンナは目を覚ました。それから数秒もしないうちに、昨夜の出来事がまざまざとよみがえり、全身がほてった。彼はわたしの秘密の場所すべてに触れ、喜びの叫びをあげさせ、あられもなく懇願させた。自分自身はスーツの上着さえ取らずに。

リコはどうしてあんなことを？　ついきのうまで妹同然に扱い、わたしが女であることなどまったく意識していなかったはずだ。それなのに、彼はゆうべ、すばらしいテクニックを駆使して、失神しそうになるほどの喜びを与えてくれた。厳密に言えば、セックスをしたわけではない。リコは、手でわたしの体の中に入ってきた。けれど、今後わたしはあれ以上の親密な愛撫を実感できるだろうか。

リコがわたしの体を歓喜で満たしたときのことを思い出すだけで、息が弾み、胸の鼓動が不規則になる。その記憶にすがってこれからの人生を生きていけるほど、ずっと夢に見続けてきた華々しい体験だった。

でも、忘れるべきよ、と内なる声がジャンナを意地悪くたしなめた。君と結婚したい、とリコは言った。もしわたしがうなずけば、たとえプロポーズの言葉を引っこめたくても、道義を重んじる彼は結婚に向かって突っ走るだろう。

けれど、リコが本気でわたしと結婚したがっているとは思えない。彼はキアラの拒否にでくわし、とっさに反応したにすぎない。リコ・ディリナルドの典型的行動で。彼はつまり、ほかの女性に結婚を申しこみ、その女性に信じられないほどすばらしい快感を与えることで、男の自尊心を保ったのだ。誇り高い男であるリコは、美しいが薄情なキアラに捨てられ、なんらかの方法でその埋め合わせをする必要を迫られたのだろう。

それについては、確かに彼はやり遂げた。

並々ならぬタフガイであることを、リコはわたしにはっきりと見せつけた。もちろん、わたしはそれを疑ったことはない。彼の周辺には常に、女性たちにホルモンを大量に分泌《ぶんぴつ》させるほどの性的なエネルギーが充満しているのだから。

ジャンナは今なおうずく愛撫の跡をおそるおそるさわってみた。特に変わりはない。それでも、やっぱり違う気がする。明らかに以前より女らしくなっている。

リコはわたしに贈り物をくれた。完璧な女のように感じさせるという贈り物を。

せめてお返しに、わたしは彼に思いやりを贈りたい。一日おいて冷静に考えればとてもその気になれないはずの結婚に引きずりこむために、きのうの彼の感情的な言動を利用するのはやめよう。

リコの妻になり、彼の子を産むという輝かしい夢を、ジャンナは涙をのんで押しつぶした。起きて、シャワーを浴びたら、まっさきに病院へ行こう。彼が長く悩まずにすむように、そして彼を苦しみから解放するために。

5

ジャンナはいつもより露出度の少ない服を選び、髪を大きな黒い卵形のクリップでうなじのあたりでまとめた。

リコに抱きしめられ、喜びの涙にむせんだ記憶に対抗するのに、衣服が充分な役割を果たしてくれるかどうかはわからない。私立病院での彼との対面は考えるだけで気後れするが、臆病《おくびょう》者になるのはごめんだ。きのうのことをきちんと処理すれば、また二人で先に進むことができる。もちろん、あの恥ずかしい出来事については、できる限り触れないほうがいい。

病室のドアをノックする際、ジャンナはきのうと違って強めにたたき、応答を待った。

ドアを開けると、ホテルのスイートルーム並みの部屋で、リコは例のセクシーなリハビリテーション用の衣類を身に着けて、机に向かっていた。

ジャンナは椅子に腰を下ろしながら言った。「おはよう、リコ。もう仕事をしているのね」

「おはよう、ジャンナ。よく眠れたかい？」

「ええ」

「僕が帰るとき、君はとても疲れていた」

「あなたのせいよ」

「結婚生活で、君を性的に満足させられるのは間違いない」

リコは自らの男らしさを自分自身に証明する必要があったから、あんな行動をとったのだ。己の肉体的機能に大きな不安をいだいている彼にとって、わたしは一種の治療手段でしかなかった。そう思い、ジャンナは心のどこかで傷ついていた。だが、一方で、彼の愛撫《あいぶ》に反応することによって、わずかながらもリコにプライドを取り戻させることができたことを喜んでいた。

「でも、あなたは幸せになれないわ。わたしと結婚したいわけじゃないんですもの」

「きのうも君はそう言ったが、僕はそうではないと立証した。違うかい？」

ジャンナは何ひとつ言葉を返せなかった。あなたは自分の男らしさを証明する必要があったんだと思うわ、と率直に指摘して、リコのプライドを傷つけたくはなかった。けれど、きのうの朝までキアラと婚約していた人に、本気でわたしとの結婚を考えることができるかしら？

「キアラは戻ってくるわ。怒っていたけど、いずれ過ちに気づくはずよ。彼女が戻ってきたとき、ほかの女性を妻にしていたくはないでしょう？」

「キアラとは終わったとはっきり言ったはずだ」

「でも……」

「文句を言うな。君は僕との結婚を望んでいる」

「誰がそんなことを言っているの？」

「僕だ」

「ついこの間、看病する気のないフィアンセを嫉妬《しっと》させるために、わたしを利用したくせに！」

リコの目に正真正銘の驚きが浮かんだ。「利用なんかしていない」

「したわ」

「いつ？」

「先だって病室でわたしに触れたのは、彼女に目撃されると知っていたからよ。きのうの朝のキスが、彼女への当てつけでなかったという確信さえ、わたしにはないわ」

「僕は君に触れたかったから触れただけだ。どうして違うと思えるんだ？　僕をそんなふうに人を利用する卑怯《ひきょう》者だと見ているのかい？」

そう言われては、ジャンナは黙りこむよりほかなかった。わたしはリコをすっかり怒らせてしまったらしい、と彼女は思った。

「僕を看病する君に、初めのうちキアラは嫉妬した。それが不愉快だったのは否定しないが、わざと嫉妬させようとしたことなど一度もない。このリコ・ディリナルドにそんな必要はないからな」

まあ！　わたしは彼の誠意だけでなく、プライドまで傷つけてしまった！　ジャンナは悔やんだ。

「それより、僕たちにはほかに話し合うことがある。君は結婚式を盛大に挙げたいのか？」

「そんなことは問題じゃないわ」リコが本気でわたしとの結婚を望んでいると信じられるのなら、登記所で式を挙げてもかまわない。

「よかった。僕はイタリアに帰る前に結婚したいんだ」

「まだ結婚するとは言ってないわ。ねえ、リコ、きのうあなたが言ったことなら、気にしなくていいの。プロポーズが本心から出たものでないことくらい、わたしにもわかるわ。あなたは混乱していたのよ」

「リコ・ディリナルドとあろう者が混乱したりするものか。老人や小娘じゃあるまいし！」

「わたしが言いたいのは、きのうのプロポーズにあなたを縛りつけるつもりはないということなの」

「だが、僕は君を縛りつける」リコはほほ笑んだ。

「何に？」

「君は僕にセックスを許した。あれは一種の約束だ。僕は君にその約束を守らせる」

ジャンナには、あれはセックスではなかったと否定する気持ちはなかった。あれは紛れもなくセックスそのものだったから。

「結婚しなくても、女はしょっちゅう男と愛し合っているわ」

「君は違う」

「わたしだってしているかもしれないわよ」

「未経験だと、君はきのう認めた。今さら嘘《うそ》をついても無駄だ」

「セックスをしなかったというだけで、男の人に肌を触れさせなかったことにはならないわ」

　前に似たようなことを言ったとき、彼がわけもなく激怒したことをどうして忘れていたのだろう？　一メートルばかり離れたところにあった車椅子が、次の瞬間には目の前にあり、リコの手がジャンナの肩を抱いていた。抱擁は激しいものではなかったが、それでもやはり一歩も譲らない意志が感じられた。

「本当のことを言うんだ」リコは弾丸のように言葉を吐きだした。

「どうしてそんなに怒るの？」

「きのう二人の間に何が起きたかを承知のうえで、そんなことをきくのか！」

　ジャンナはなぜか、きのうのことは自分の身にだけ起きたと思っていた。リコがもたらしたものとはいえ、それが彼になんらかの影響を及ぼしたとは思いもしなかった。どうやら、女性に最初の経験を、あるいは数回のオーガズムを与えると、男性は所有権を主張したくなるものらしい。

「ほかの男の人に、あんなふうに肌を触れさせたことはないわ」ジャンナはしぶしぶ認めた。怒りの爆弾を浴びるのはもうごめんだった。

　リコの抱擁は二の腕へと移った。「そうだと信じていたよ。思わせぶりは二度とするんじゃない」

「ずいぶん威張るのね」

「僕はアンドレや君より年上だ」

「六人きょうだいの末っ子だとしても、あなたなら威張ると思うわ」

　リコは肩をすくめ、その話題をはっきりと終わらせた。「医者の話では、今週中に帰国しても問題ないそうだ」

「リハビリテーションはどうするの？」

「ミラノの自宅で著名な理学療法士に治療してもらえるよう手配した」

　あらあら、またわたしが同意するものと思いこんでいるわ。ジャンナは心の中でつぶやいた。「リコ、まだキアラを愛しているの？」

　リコは上半身をこわばらせ、体を引いた。「キアラのことを僕がどう思おうと、君には関係ない」

「どうしてそんなことが言えるの？　夫がほかの人を愛していることを承知で妻になれというわけ？　残酷すぎるわ、リコ」

「関係ないと言える理由は、君が僕を愛しているからだ」

「勝手なことを言わないで！　今はあなたの気持ちについて話し合っているの」

「いや、違う。僕がキアラに感じた感情は、もう過去のものだ。彼女そのものが過去の遺物であるように」

　ジャンナの気持ちはいくらかなごんだ。もし、リコの言葉が真実なら……。

「どうしてわたしと結婚したいの？」

「理由ならきのうすでに言った。僕は身を固めてもよい年齢だ。母は息子が結婚することを期待し、僕は子どもがたくさん欲しい。君と僕ならうまくいく。これまでもそうだった。君はりっぱな妻となり、母となるだろう」

「わたしがよい母親になると思うから、結婚したいということ？」

「よい妻になるとも信じている。君は僕の計画を知っているし、僕の限界も知っている。だから、僕の能力以上のものは期待しないだろう」

　確かにそうかもしれない。だからといって、彼の能力以上のものが欲しくないわけではない。リコのある言葉がジャンナの胸を突き刺した。

〝僕の限界も知っている〟

今も麻痺《まひ》に苦しんでいるリコにほかの選択肢は事実上なかったのだ、とジャンナは気づいた。現在の彼は傷つきやすい。特にリコのような男性にとって、今の状態は地獄の苦しみだ。プロポーズを断れば、彼はいっそう傷つくだろう。そんなまねはできない。

しかし、ジャンナにはその決断が彼のためだけとは思えなかった。リコと結婚すれば、また家族が持てる。母の死後、ジャンナはずっと孤独だった。父の再婚後はなおさらだ。姓以外のすべての面で、パメラは巧みにジャンナを家族の輪から締めだした。ディリナルド家の人たちは親切だったが、自分の家族ではなかったし、ジャンナも彼らの家族ではなかった。だが、リコと結婚すれば事態は変わる。もう一度本物の家庭、自分のものといえる世界を持てるのだ。そして子どもたちが生まれたとき、それ以上のものが手に入る。母と分かち合ったのと同じ種類の絆《きずな》を再び結べるのだから。

「いいわ。あなたと結婚します」

その夜、アンドレが帰国した。彼が入ってきたとき、ジャンナはスイートルームの居間の肘掛け椅子で丸くなり、テレビを見ていた。アンドレがリコを見舞ってきたことを知っているジャンナは、彼が兄と自分の結婚にどんな反応を示すのか、はらはらしながら待ち構えた。

アンドレはトレンチコートを脱いでソファの背にかけ、ジャンナの向かい側に座った。そして彼女の全身にぶしつけな視線を注いだ。「兄と結婚するんだって？　リコがほんの少し前までキアラと婚約していたことを考えると、かなりの早業だな」

「わたしから罠《わな》を仕掛けたんじゃないわ」

アンドレは物憂げに笑い、肩をすくめた。「だが、君は成功した。よかったじゃないか」

果たしてそうかしら？「リコはわたしと結婚したいわけじゃないの」

「僕には、結婚したいと言っていたよ」

「そう思っているだけだわ。まだ歩けないうえに、キアラの婚約破棄で、気持ちが沈んでいるんだわ。落ち着きを取り戻したらすぐ、早まったまねをしたと後悔するでしょうよ」

アンドレは真顔になった。「これはばかなことじゃないよ」身を乗りだし、ジャンナをじっと見つめる。「リコには今すぐ君が必要だ。兄にもそれはわかっている。あきれる話だが、兄にはずっと君が必要だったんだと思う。君を永遠に失うかもしれないという段になって、ようやく気づいたんだ」

リコは、キアラと別れた経緯をアンドレに話して聞かせたらしい。

「そして、彼が出した答えが結婚だ。君のリコへの気持ちを考えれば、理想的な解決策だと思う」

「キアラをまだ愛しているかどうか、彼はわたしに言おうとさえしないのよ」

「リコはそれほどばかじゃない」

「結婚に同意するまでは、わたしも自分のことをかなり賢いと思っていたわ」あれ以来、自分の知性と精神的健全性に疑問を感じ続けている。愛してくれないばかりか、愛しているふりさえしない男性との結婚を、健全な精神の持ち主が承諾するだろうか？たとえその結婚が心の底から願っていた夢の実現だったとしても。

「だが、君の決断はすばらしい。兄も君も、結婚を望んでいる。これ以上いい話があるかい？」

リコはわたしを自分に都合のいい理由で求めているのよ。ジャンナはそう言いたかったが、アンドレにわかるとは思えない。いろいろな意味で、アンドレはあの傲慢《ごうまん》な兄と似すぎている。

「そうなると、僕の父と母は君の新しい親になるんだな。そして、僕は君の義理の弟というわけだ。これをすばらしいと言わないでどうする？」

「わたしの決断は正しいと、本当に思うの？」

「そうとも。正しいばかりか、いいことだ。わが家に君を迎えられて、僕はとてもうれしい。君も僕の義姉《あね》になるのがうれしいだろう？」

リコとの結婚をこれほど盛大に支持されて、一時的にせよ不安がやわらぎ、ジャンナはかすかに笑みを浮かべてうなずいた。けれど、彼の両親はどうかしら？　アンドレが冗談めかしてほのめかしたように、弱みにつけこんでリコを罠にはめたと思うのではないだろうか？

ジャンナはそのことが気がかりで、その夜とそれに続く挙式前の二日間はろくに眠れなかった。

「登記所で結婚したと知ったら、母さんは怒り狂うだろうな」

突然のプロポーズから三日後、簡単な式を挙げるために、三人が判事の部屋に招き入れられたとき、アンドレが言った。

「きっとあきらめるさ」

「いいや、改めて教会の祝福と、それに付随した伝統的行事をすべてやると言い張るだろう」

「それでもかまわないが、僕が自分の脚で祭壇まで歩けるようになるまで待つだろうよ」

宗教抜きの手っ取り早い結婚式を主張するリコの本心を、ジャンナはようやく理解した。伝統的な儀式を避けようとしたのは、彼がこの結婚を冷めた目で見ているからだとばかり思っていた。しかし、それは誤解で、本当は今のみじめな姿を家族や友人の目にさらしたくなかったのだ。それは、リコが強迫観念に駆られてこの結婚を決断したという事実を、ジャンナにいっそう痛感させただけだった。そんなことは気にするなとアンドレは言うが、どうして気にせずにいられるだろう？

　リコはわたしを愛していない。

　短い誓いの言葉を復唱しているとき、ジャンナはリコの目をまともに見られず、彼が用意した小さな薔薇《ばら》のブーケに視線を注いでいた。しかし、リコが花嫁の顎をそっと上向かせ、疑う余地のない誠実な声で忠誠と貞節を誓うと、ジャンナは感動せずにはいられなかった。

　判事がリコに、花嫁へのキスを許した。このときも車椅子に乗っていたため、彼は二人の顔がほとんど同じ高さになるまでジャンナを引き寄せ、それからキスをした。

「おめでとう《コングラトウラッツイオーニ》、兄弟《フラテッロ》！」アンドレは兄を抱き、頬にイタリア人特有の温かいキスをした。そしてすぐさまジャンナのほうを向き、体をかかえあげて抱きしめた。「小さな義姉《ねえ》さん、ディリナルド家にようこそ！」

　不安はあったものの、ジャンナは笑い、うれしそうに彼を抱き返した。「ありがとう《グラッツィエ》」

　床に下ろされたとき、ジャンナはリコに笑顔を向けた。だが、彼の顔に浮かんだ不機嫌な表情にショックを受けただけだった。

　一行がミラノの空港に着いたのは真夜中過ぎだった。ジャンナは疲れた体を迎えのリムジンに滑りこませて、ほっとひと息ついた。ここ数日ほとんど眠っていないため、目を開けているのがやっとだ。リコは向かいの席に座っている。その光景がなんとなくしっくりこないのは、ジャンナにもわかっていた。

　結婚はしたものの、彼女に実感はなかった。すべてが妙に現実離れしている。結婚式を挙げてから、リコには家具のひとつのように扱われてきた。

　もっとも、ディリナルド家の自家用ジェット機の中で、彼の手厚いもてなしを受けられるとは思っていなかった。いつもの警備スタッフ、アンドレ、先週ニューヨークでリコの仕事を手伝った個人秘書など、ほかにも大勢搭乗していたのだから。

とはいえ、花嫁がそこにいることさえ忘れられるとは、夢にも思わなかった。彼は飛行中の八時間をほとんど仕事に費やし、食事のときしかジャンナに関心を払わなかった。その食事の間も、華やかで背の高いブルネットの客室乗務員が、必要以上にあれこれとリコの世話を焼いた。

ジャンナがそんなことをしようものなら、リコは叱《しか》りとばしたに違いない。しかし、その美人乗務員には寛大な笑顔を向けるのだから、ジャンナはあきれた。

リコが乗るのを待ってからリムジンに乗りこみ、彼の隣ではなく向かいの席に座ったのはそれが原因だった。アンドレはほんの少しためらってから、リコの隣に座った。

ジャンナは目をもっぱら窓の外に向け、夫の警戒するような視線を無視した。彼がいないかのようにふるまうほうが傷つかずにすむからだ。

「来週、父と母が旅行から帰ってくる」リコの声が沈黙を破った。

アンドレに話しかけているものと思い、ジャンナは黙っていた。

「ジャンナ」

暗い窓から視線を移そうともせず、ジャンナは言った。「何？」

「母に会うのが楽しみだろう？」

「もちろんよ」本当に？　ジャンナは自問した。彼の両親がこの結婚をどう思うか、気になって仕方がない。

「気乗りしない返事だな」

「疲れているの」

「僕は横顔に話しかけるのは好きじゃない」

ジャンナは顔をリコのほうに振り向け、視線を合わせた。リムジンの暗い室内灯の中で、リコの表情を読むのは難しい。「あなたはわたしと話をするのが特に好きなわけじゃない。わたしはそういう印象を受けたわ」

「いったいなんのことだ？　僕がいつそんなことを言った？」

「行動は言葉より雄弁よ」思わず口から飛びだした使い古された言いまわしは、ジャンナが意図した以上に悪意を含んでいた。

リコは大きく息を吸った。「いったいどうしたんだ？」

アンドレはこのやり取りをどう思っているのだろう、とジャンナは義理の弟に視線を向けた。すると、彼はなぜか満足の表情を浮かべていた。兄が新婚の妻と言い争うのを見るのがうれしいのだろうか？

「僕は君に質問をしているんだ、ジャンナ」

「そしてわたしは、答えないことを選んだの」

明らかに波立った水面をしずめる目的で、アンドレがリコに質問をした。それを機に、男たちは両親の帰宅に備えた計画を練りはじめた。ジャンナは二人を無視し、生涯最大の過ちを犯してしまったというすさまじい恐怖と闘っていた。リコが結婚を後悔しているのは明らかだ。だが、どうして挙式前に現実に目覚めなかったのだろう？

ディリナルド家の屋敷に着いたとき、ジャンナは車の外で、リコの車椅子が下ろされるのを待った。彼はそれに気づき、手を振って追い払った。「家に入れ。君がここでうろうろする理由はない」

傷ついたジャンナは目を見開き、くるりとリムジンに背を向け、言われたとおりにした。そして中に入るなり、この屋敷に滞在するときにいつも使う部屋に直行した。主寝室からほうりだされる危険を冒すわけにはいかなかった。

去年の夏に置いていったガウンがあったので、ジャンナはそれを持ってバスルームに入った。それからタオルで髪をターバンのようにくるみ、すばやくシャワーを浴びて、長旅の汗を落とした。リコが入ってきたのは、化粧台の前に座り、結婚式のために結いあげていた髪をほどいてとかしているときだった。

「こんなところでいったい何をしているんだ！」

「髪をとかしているのよ」

ジャンナは髪の半分をさっと肩にかけ、もう半分をとかしはじめた。リコのいるドアのあたりは静まり返っている。

髪のもつれをきれいに解きほぐすと、ジャンナはそれを三つに分け、寝るときにする三つ編みにしはじめた。

「やめろ！」

厳しい声に、ジャンナの手が止まった。車椅子が床を横切る音がする。だが彼女は、振り向くことができなかった。

「そのままのほうが美しい」リコはジャンナの髪の束に指を通し、編みかけたばかりの三つ編みをほどいた。「僕はずっとこの髪型が見たかった。それにしても、想像以上だ」

髪を透かすようにリコの顔をのぞき見て、ジャンナは彼の真剣な表情に息をのんだ。「この髪が好きなの？」

ジャンナにとっては髪型など実に些細《ささい》なことに思える。髪を長く伸ばすのは、母がそれを好んだからにすぎない。それは、母を身近に感じる方法だった。リコがこんなごく平凡な髪に、それほど魅力を感じるとは考えたこともなかった。

「こっちへおいで」

リコがジャンナを引き寄せようとしたが、彼女は自衛本能からさっと立ちあがり、遠ざかった。

「疲れたの。もうベッドでやすみたいわ」

「僕もベッドに入りたい」

「じゃあ、そうすれば？」

リコは全身に力をみなぎらせた。車椅子に座っていてさえ、彼の背丈はジャンナとあまり変わらない。そして数百倍も恐ろしかった。「僕を主寝室に追い払い、君はここで寝るというわけか？」

ジャンナは肩をすくめた。「どっちでも同じでしょう？」あなたはわたしを愛していないんだもの、わたしがどこで寝ようとかまわないはずよ。彼女はそう言いたかった。

リコは平手打ちをくらったように、頭をのけぞらした。「確かに、同じかもしれない。僕は一般的な初夜の儀式が行えない体だからな。そんな僕と同じベッドで寝るなんて、願い下げだろうよ」

「わたしはそんなつもりで――」

「それはどうでもいい。君が僕に夫としての義務の遂行を期待していないのなら、むしろありがたい。全うできるとは思えないし、妊娠は別の手段でとなると、夫としての義務にはほとんどなんの魅力もないからね」

彼の言葉は凍りつくような残酷さでジャンナの胸を突き刺した。リコが車椅子をくるりとまわして部屋を出ていっても、ジャンナはあまりのつらさに口もきけず、その場に立ちつくしていた。

リコの冷たい拒絶に、ジャンナは髪を編む気力も消え失《う》せ、老女のような気分でベッドに向かった。わたしにとって生涯で最も美しい体験を、あの人は〝義務〟だと思っている。しかも、不必要で……魅力がないことだと。少しもお返しができないくせに、彼の手であんなに激しく性の喜びを体験したがったわたしを、きっと軽蔑《けいべつ》しているに違いない。

たとえリコに下半身の麻痺がなくても、わたしには彼の愛撫に報いる方法がわからなかった。キアラが言ったとおりだ。リコの肉体的条件がどうであれ、わたしは彼のような男性にとって物足りない女なのだ。でも、それならなぜ彼はわたしとの結婚を望んだのだろう？

その答えは、もうひとつの目もくらむような苦悩の波としてジャンナに襲いかかった。

わたしはリコに赤ん坊をプレゼントすることができる。けれど、彼が失ったものを絶えず思い出させる存在ではない。つまり、彼はわたしを愛していないし、セックスの相手としても望んでいないから、結婚したがるのだ。彼が下半身の感覚を取り戻したとき、何が起こるかわからない。ただひとつ言えるのは、結婚に対する後悔が彼の心の中を満たすに違いないということだ。

6

リコはプールを見下ろすバルコニーに座り、水の中でたわむれるアンドレとジャンナを眺めていた。こんな光景なら今までにも何度となく目にしている。ほぼ同い年のジャンナとアンドレは、よく一緒に遊んでいた。そうした過去を知りつつも、リコは弟を妻の幼なじみというよりライバルとして見ていた。

嫉妬《しっと》がうねりとなって全身を突き抜ける。結婚してこんないやな感覚を味わうとは、リコは思ってもいなかった。まして夫婦のベッドにひとり寝ることになるとは彼の想像の範囲を超えていた。血を分けた弟に、何より自分の妻に嫉妬なんかしたくない。リコは、キアラに対してさえ嫉妬したことはなかった。

支配欲は？　それはあった。

彼はなおも自問自答を続けた。

嫉妬は？　なかった。

どうもわけがわからない。妻の魅力にすっかり参っているわけでもないのに。

僕はジャンナが好きだ。だが、恋愛対象としてではない。

リコは二人の過去に思いを馳《は》せた。

ジャンナは生まれたときから僕の人生の一部だった。母親同士が幼なじみで、長じても姉妹のようにつき合っていたからだ。ジャンナの母エリアーナはアメリカ人の大学教授と結婚し、夫とアメリカに渡った。僕の母は父と結婚後、ミラノに引っ越した。それでも、ジャンナの母親が亡くなるまで、二人の家族はしばしば休日を共に過ごし、お互いの家庭を訪ね合った。その後もジャンナはわが家に来ては滞在するということを繰り返し、特に彼女の父親が再婚してからは以前より頻繁に訪れるようになった。

ジャンナはキアラのように駆け引きはしない。キアラは男を操るためにセックスを利用する。僕は事故に遭う前から、欲しいものを手に入れないと気がすまない彼女にどんどん我慢ならなくなっていた。そして、ジャンナと結婚すれば、二度と女性に傷つけられることなく、すばらしい結婚生活を享受できると思っていた。

だが、それも錯覚だった。

昨夜、ベッドを共にするのを拒否されたとき、僕はひどく傷ついた。セックスに関しては、少なくとも通常の結婚に近い満足を与えてやれるものと確信していた。ホテルのスイートルームで抱擁したとき、ジャンナは僕の腕の中で我を忘れ、僕が夢中になるほどの甘美な信頼感をあらわにして肌を許したのだから。

その前から、僕は薄々気づいていた。ジャンナは僕に愛に近い感情をいだいているのではないか、と。事故のあと、彼女は弟より早く病室に駆けつけてくれた。弟と、あの軽蔑《けいべつ》すべきキアラの話では、僕が昏睡《こんすい》状態から脱するまで、彼女はベッドのそばを片時も離れなかったという。事態が絶望的に見えたとき、彼女の献身的な支えにどれほど元気づけられたことか！

抱擁を交わしてから、ジャンナが僕に友情より強い感情をいだいているのを確信した。どんな女性であれ、相手によほどの感情を持っていなければ、あれほど早く、奔放に反応するわけはない。

それなのに、ゆうべはどうして拒んだのだろう？

飛行機の中では、あまり一緒に過ごせなかった。僕には仕事があった。脚を動かせなくても制約なしにできるのは、金もうけぐらいのものだ。食事のとき、客室乗務員が僕に色目を使っても、彼女が気にも留めなかったときは、わけもなくいらついた。だから、僕はわざとジャンナを怒らせようとして、本当は迷惑だった乗務員のかいがいしい世話に耐え忍んだのだ。

だが、あまり効果はなかった。しまいには腹が立ち、自分が愚かに思えた。僕はその手のゲームはしない、とジャンナに見得を切ったのに！　嫉妬もいやだが、自分が愚かしく思えるのはもっといやだ。リムジンの中で彼女にそっけなかったのはそのせいだ。一方で自分が後ろめたくもあった。しかし、彼女のほうも機嫌が悪く、僕を無視した。

それでも、二階に着いたとき、ジャンナが僕の寝室ではなく客用の部屋にいるとは思ってもいなかった。悪態をつきながら客用の部屋に行き、あの見事な髪が体に垂れかかるのを見て、僕は斧《おの》で殴られたような衝撃を受けた。シルクのような髪は、まるで生きているように波打っていた。

触れたいという激しい欲求を抑えきれず、美しい髪に触れると、それ以上のものが欲しくなった。彼女の柔らかな肌に触れたい、さらにほかのところにも、と。そして彼女を引き寄せようとしたとたん、ジャンナはあとずさった。それは、僕とベッドを共にする気はないという彼女の意思表示だった。

拒絶された事実が今なお僕の胸を引き裂く。そのうえ、弟が今の僕にはできない方法で彼女とたわむれるさまを、こうしてただ見ているしかないときている。これでは機嫌の直しようもない。

ジャンナは緊張しながら、リコのリハビリテーション用の部屋に近づいた。午前中、彼女はずっと彼を避けていた。昼食のときは、リコやアンドレとぎこちない会話を交わしただけで、今ようやく、新しい理学療法士と会うために一階へと下りてきたのだ。彼のリハビリテーションに初めから参加してきたジャンナは、リコが本当に優秀な療法士のもとでリハビリテーションに努めるかどうか、確かめずにはいられなかった。

ジャンナは部屋に入るなり、ずいぶん早く模様替えをしたものだ、と感嘆した。

内部は病院のリハビリテーション施設とそっくりだった。それまであった温かい木製のインテリアは、運動マット、平行棒、治療台、リフティング器械などに置き換えられている。大きなガラス窓からは日光がさんさんと差しこみ、蛍光灯の光に満たされた病院よりずっと心地よい。

リコは治療台に横たわっていた。体格のよい鉄灰色の髪をした男性が、白いコットンのズボンにTシャツという格好で、リコの脚にいつものストレッチを施していた。

「こんにちは」

ジャンナの声に、リコがさっと顔を振り向けた。

その目に解読不能の表情が浮かんでいる。「やあ」

理学療法士も彼女のほうを向いた。「はじめまして。ミセス・ディリナルドですね。ティモシー・スティーヴンズです。お二人は新婚ほやほやだと、リコから聞きました。おめでとう」

「ありがとう、ドクター・スティーヴンズ。あなたがイギリス人だなんて知りませんでした」

「実はカナダ人なんです。それから、どうぞティムと呼んでください。ニューヨークの同僚がわたしをご主人に推薦してくれましてね」

「この臨時の勤務がご迷惑でなかったらいいんですけれど」

ティムは笑った。「いっさいの経費を負担してもらい、しかも、ミラノで働ける。そんないい仕事を断ったら、妻に殺されたでしょう。我々がこうして話している間にも、彼女は靴を買いに出かけてます」

彼の優しい物言いに、ジャンナは思わず口もとをほころばせた。「リコの両親が旅行から帰ってきたら、奥さまをぜひディナーにお連れください。大歓迎しますよ」

「ありがとう。そうします」

話している間もずっと治療の手を休めなかったティムが、治療していたほうの脚を台の上にのせ、感覚の有無を調べる検査を始めた。リコは爪先と足に感覚があることを認めたばかりか、実際に右足をぴくっと動かしてみせた。

ジャンナは駆け寄り、リコの腕をつかんだ。「運動能力が回復したなんて、全然言ってくれなかったじゃないの！」

「痙攣《けいれん》のようなものだ。興奮するほどのことじゃない」

「冗談じゃないわ！　爪先に感覚が戻ったときだって、わたしはとてもうれしかった。あなたが平然としているその〝痙攣〟だって、盛大なお祝いに値する事件だわ」

「本当に？」

突然、最初の記念すべき事件を祝ったときの出来事がジャンナの脳裏によみがえった。わたしはこの人に飛びついてキスをしたんだわ。そう思いながら彼の口もとを見ると、そこには皮肉な微笑が浮かんでいた。

「君の考えているようなお祝いは、しばらく待ったほうがいいと思うんだが、どうだろう？」

リコのあざけるような口調がジャンナを強引に現実へと引き戻した。やっぱりリコは、わたしとのキスを好ましいお祝いの手段ではなく、義務か雑用と見なしているんだわ。

「リコはいつごろこの平行棒を使えるようになるんですか？」ジャンナはティムにきいた。

「判断は難しいですね。治る速度は患者によってまちまちですが、ご主人には強い意志があるし、新婚の奥さんもいます。どちらも、早くよくなるためのすばらしい誘因となります。おそらくあと七日もすれば、平行棒を使って歩行訓練に励むご主人の姿が見られるんじゃないでしょうかね」

「僕は大人の男だ」リコが冷たい声で割って入った。「そうだろう？　自分の将来について発言権のない子どものように扱われたくない」

ティムはにやりとした。「家族や医師が陥りやすい悪い癖ですよ、そこにいないかのように患者の話をするのは。気づかせてくれてありがとう。平行棒を使えるようになるまで、七日間を目標にするというのはどうですか？」

「それならできそうだ」

リコが自信を持って答えたので、ジャンナはうれしくなった。

感覚の回復が着実に脚の上部へと広がっていくにつれ、リコの自信は正しい方向に向けられた。彼は容赦なく自分を叱咤《しった》して、病院にいたとき以上の時間をかけてリハビリテーションに取り組んだ。ジャンナは今も付き添っているが、もはや励ましは不要になりつつある。

まるで彼の体内で何かのスイッチが入ったかのように、ディリナルド銀行や系列企業のことさえも、再び歩きたいという意欲に二の次へと追いやられた。

六日目に、リコが言った。「まだ膝から上の感覚がない。半分しか脚が動かないのに、どうして平行棒が使える？」

リフティングの器械から車椅子に戻るリコに手を貸し、ティムはほほ笑んだ。「あなたはよくやっています。すぐに平行棒が使えますよ」

「だが、明日で七日目だ」

「達成は目の前です」道具を片づけながらティムはジャンナがうらやむほどのんきに言い、明日の朝は早めに来ると約束した。

療法士が帰ったあと、リコは言った。「役立たずの僕と違い、彼は車椅子に座っていないから、事もなげに言えるんだ」

リコが欲求不満をいだくことには驚かないが、それを口にしたことに、ジャンナは驚いた。帰国して以来、リコはすべてに禁欲的だ。そして、とてもよそよそしい。

「あなたを役立たずと呼ぶのは愚かな人だけよ、リコ」

「だが、僕はそれ以外の何ものでもない。妻は別のベッドで寝るし、体が通常に機能するよう訓練している間も、事業は勝手に回転している。そんな気休めの決まり文句は言わないでくれ」

ジャンナは頬を染めた。「事業が勝手に回転するのなら、どうしてコンピュータや電話にあれほど時間をかけるの？　おまけに、銀行の重役会議にまで出席したわ」

「別々のベッドで寝るという問題を君が避けようとしているのはお見通しだよ」

ジャンナの顔がいっそう赤くなる。傷ついたことを知られるのがいやで、彼女は顔をそむけた。「一緒に寝ないわけは、あなたもわたしも知っているはずよ。本当の結婚じゃないんだもの」

リコは妻の手首をつかんで引き寄せ、自分のほうに向かせた。二人の視線がからみ合う。「この結婚が本物じゃないという理由は？　君は僕の子どもを産むこと、僕の妻になることに同意した。僕は神の前で君に誓った。そのどこが本物じゃないんだ？」

「あ、あなたはあのとき、きちんと考えていなかったわ。あれからだいぶたち、もう正気に戻ったはずよ。わたしたち、婚姻無効の申し立てをすればいいのよ。そうしたら、このばかげた結婚のことを、誰にも知られずにすむわ」

体から危険なエネルギーを発散させながら、リコはジャンナをさらに引き寄せた。「アンドレが知っている。僕も知っている。君は神の前で、僕の妻になることを誓った」

「でも、あなたは本気でわたしと結婚したかったわけじゃない。わたしはあなたが正気に戻ることを知っていたし、実際に戻ったわ」

「どこからそういう結論が出てくるんだ？」

ジャンナには答えようがなかった。わたしにキスするのを雑用か何かのように思っているくせに、などと言い返せば、彼を愛していることが明るみに出てしまう。実際に愛しているし、彼も察しているに違いないが、はっきりとは知られたくない。最後に残ったひとかけらのプライドまで、ずたずたにされるのは耐えられない。

すぐに答えないジャンナに、リコはいぶかしげに眉を寄せた。「たぶん、君が僕の心変わりを信じているのではなく、君自身が心変わりしたんだ」

「いいえ。わたしの気持ちは結婚を承諾したときのままよ」ジャンナは正直に答えた。

「僕を哀れんでいるのか？」

ジャンナは驚いた。「なんですって？」

「君は結婚したくなかったが、僕を哀れに思うあまり、拒めなかった。そして、僕が解放してくれるのを期待したのに、そうはならなかった」

「あなたを哀れむですって？　まさか！　あなたは完全に誤解しているわ」

「花嫁が僕のベッドに入ろうとしないことに気づいたら、僕の両親も君の哀れみに同調すると思うが、それも誤解だろうか？」

「あなたとベッドを共にするのを拒んだわけじゃないわ！」

「では、僕がメイドに君の持ち物を僕の寝室に移すよう指示したと知っても、気にしないんだね？」

「でも、リコ……」

「もし君が哀れみから結婚したのなら、僕のベッドで寝てほしい。君にとって僕は安全だ。君の貞操を破る能力を持ちあわせていないんだからな」

「わたしはあなたを哀れんでなんかいないわ！」

「だが、僕との結婚生活を望んでもいない」

「そんなこと、言ってないでしょう！」

「ではなぜ、婚姻無効の申し立てがどうのこうのと口にするんだ？」

「あなたが望んでいると思ったからよ」

「そんなことを言った覚えはないし、思ってもいない。この結婚は生涯続くものだ」

「あなたがそう思っているのは知っていたわ」

「思っているんじゃなく、決めているんだ」

「でも、結婚を続ける必要はないのよ」

「もうたくさんだ！　この結婚を破棄したい、君はそればかり言っている。不自由な体に対する見せかけの同情を隠れみのにするのはやめてくれ。僕が選んだから、君は僕の妻になった。まだ始まってもいないうちに、僕が結婚生活を終わらせたがっていると、君が本気で信じるはずはない」

熱く容赦のない彼の視線が、ジャンナの傷つきやすい心を焦がす。

「僕の子どもの母親になりたくないんだな？　いいだろう。好きなようにしろ。だが、出ていくのは両親が帰る前にしてくれ。手に余るほどの同情を寄せられるのは目に見えている。妻でもない妻の説明までさせられてはたまらない」

体を突き抜ける苦悩に、ジャンナは息もできなかった。リコの人生から出ていけと言われるのはこれで二度目だ。しかも今回は、リコ本人が言っている。もし出ていけば、彼は決して許してくれないだろう。二度とこの家に帰れなくなる。

彼が本心から結婚の継続を望んでいるのは明らかだ。それを知りながら、出ていけるだろうか？　そもそも、わたし自身、出ていくことを望んでいるだろうか？　答えはただひとつ、ノーだ。

「あなたとの結婚を解消したくないわ」ジャンナは胸がいっぱいになり、消え入るような声で言った。

「では、僕のベッドで寝てくれるね」

ジャンナはうなずき、ほかに選択しようのない決断に胸をかきむしられながら、部屋を出た。こうなったら、妻への愛撫《あいぶ》を味気ない義務と見なす夫と、同じベッドで寝るしかない。さもなければ、愛する彼の人生から永久に追放されるのだから。

その夜、リコの寝室に行き、寝る支度をしている彼を見たとたん、ジャンナの苦悩が始まった。

彼は服を半分脱ぎかけた状態で、ベッドの端に腰を下ろしていた。ディナーのとき着ていたすばらしいスーツはもう着ていない。ネクタイも外し、開いたシャツの間からたくましい胸がのぞいている。罪つくりなほどにすてきだ。どんな男性も、これほどの性的魅力を独り占めするのは許されるべきではない。

すべてを備えた完璧《かんぺき》な男性の隣で、今夜どんなふうに眠ればいいの？　ベッドは巨大だから、隣とはいえ、数十センチは離れているだろう。けれど、数メートル離れていても充分とは思えない。彼が一糸まとわぬ姿で寝たらどうしよう？　そうなったら、お手上げだ。

「あの……わたしのナイトドレスはどこかしら？」

ジャンナはほかに言うことを思いつかなかった。

「そんなものが必要かい？」

「えっ？」

「お互い何も身に着けずに寝る夫婦は多い」

「あなたはそうするの？」

「そうするって？」

彼は楽しんでいる、とジャンナは思った。大きく息を吸いこみ、吐きだす。「下着を着けないことよ」

やっと言えた自分を、彼女は誇らしく感じた。

「体を衣類で締めつけられて寝るのは嫌いだ」

「わたしはナイトドレスを着るほうがいいわ」

どっちでもいいとばかりに、リコは肩をすくめた。

「それで、どこかしら？」

「あそこだ」リコは部屋の反対側にあるウォークイン・クロゼットを指した。

ジャンナはおぼつかない足どりで、比較的プライバシーの保てるクロゼットへと急いだ。そして、ワードローブの奥にぶら下がっていたナイトドレスを見つけ、胸に刺繍《ししゅう》のある白い袖《そで》なしのものを選んだ。九月下旬のミラノにしては、このところ暖かい。

寝室に戻ったときにリコが上掛けにもぐりこんでいることを期待し、ジャンナは入浴にたっぷりと時間をかけた。

ジャンナの願いはかなえられたが、大した効果はなかった。上掛けは腰までしか覆っておらず、リコは上半身をさらして枕《まくら》にもたれかかっていた。彼女は立ち止まり、しばしその光景を眺めた。

「ベッドに来るんだろう?」

ジャンナはごくりと喉を鳴らし、やっとの思いでうなずいた。そして意志の力を結集して部屋を横切り、ベッドに上がった。夜、うっかり彼にすり寄ってしまったらどうしよう? ニューヨークのあの晩以来悩まされてきたふしだらな夢を見たらどうしよう? リコが出てくるあの夢を。それどころか、彼がわたしの夢を実行に移したらどうすればいいの?

夢に下腹部をうずかせ、枕を抱いて目覚めたことも、一度や二度ではなかった。

ジャンナは緊張に身をこわばらせ、上掛けの下にもぐりこんだ。

「まるで、暴君の夫を待つ中世の花嫁みたいだ」

「人と一緒に寝るのに慣れていないの」

「似たことはニューヨークで経験ずみだ」

ジャンナはうなずいた。

「君が僕の愛撫を好きなことも、二人で立証しただろう?」

ジャンナの自尊心は否定することを願ったが、根が正直なため、嘘《うそ》をつけない。「ええ」

「それなのに、結婚式を挙げた日の夜からずっと一緒に寝ることを拒んできた」

「あなたは、それを義務だと言ったわ。それが癪《しゃく》に障ったのよ」

「女性に拒絶されると、男というものはいろいろなことを言うもんだ。違うかな?」

「拒絶なんかしていないわ」どうすれば信じてもらえるのだろう?

「いいや、君は拒絶した」

ジャンナは自分の行動を思い出した。「少しはね。でも、あなたがそんなふうに受け取るとは思わなかった」

「どう受け取ればよかったんだ？」

「それほど大げさな拒絶じゃないと……」ジャンナは口ごもり、正直につけ加えた。「わたしは嫉妬し、腹を立てていたの」

「何に？」

「イタリアに来る機内で無視されたような気がしたからよ。それに、美人の客室乗務員にはちやほやするのを許したくせに、リムジンの外で待っていただけのわたしを叱《しか》りつけたわ」

「やれやれ。君は気づいていないと思っていたよ。君にとってはどうでもいいことなんだと思った。だから、君の気を引くために、彼女の迷惑なふるまいを容認したんだ。あとになってばかばかしくなり、君に八つ当たりしてしまった」

本当かしら？　キアラを妬《や》かせようとしたことなど一度もないと断言した彼が、わたしを妬かせたかったと認めている。リコのような男性にとって、これは大変な告白だ。「あれはそれほど大げさな拒絶じゃなかったの」

「男にとって、すべての性的な拒絶は大きなショックなんだ。知らなかったのかい？」

「ええ」ジャンナはため息をついた。「ごめんなさい」

「本当にそう思うかい？　僕の大事な人《テゾーロ》」

彼の親密な呼びかけに、心がなごむ。自分のためだけに使われる呼び名、そんな気がするのだ。ほかの誰かを彼がそう呼ぶのを聞いたことはない。

「ええ」息をつまらせながら、ジャンナは答えた。

「では、その証拠を見せてくれ」

7

見せる？　どうやって？

リコが手を伸ばし、ジャンナの手首を引っ張った。

「こっちへおいで」

彼のかすれた声が、たちまちジャンナの体の奥深くにうずきを生じさせ、手首をつかむ力強い手の感触が、さらなる接触を求めてやまない彼女の欲望に火をつけた。肉食獣ににらまれた小動物さながらに、ジャンナはおびえた目でリコを見つめた。「な、なぜ？」

「来ればわかる」

たったこれだけの言葉が、どうして脳を直撃し、脈を異常なまでに速めるのだろう？　ニューヨークのあの晩以来、ジャンナは彼の愛撫《あいぶ》を切ないほど求めてきた。そして、結婚後の一週間で、彼の指先に手首をつかまれている今この瞬間が、自分は生きているといちばん実感している。

抵抗がまったくできないのは、その実感と、リコを弱々しく無防備に見せる光線の加減のせいだ。おとなしくリコの傍らに引き寄せられたとき、ジャンナは自分にそう言い聞かせた。

「体を起こしてごらん！」

電磁波のようににじみ出る彼の強烈な官能的魅力に心を奪われ、ジャンナは言われたとおり、彼の傍らに膝をついて体を起こした。膝は彼のたくましい腿から数センチしか離れていない。シルクのトランクスはまだはいたままだ。新妻に敬意を表したのだろうか？

「髪をほどくんだ」

ジャンナはなぜか、うっとりするほどセクシーな夫の声に従うしかないと感じた。彼女はそっと三つ編みを解き、長い髪に指を走らせて肩と背中に流した。彼の焼きつくすような視線を感じ、手が震える。

髪がすっかりほどけると、リコは手を差し伸べ、妻の肩と背中を覆う髪に指を走らせた。「なんて柔らかいんだろう」

髪の先に届いたリコの指先が胸の先端をかすったとき、ジャンナは身を震わせた。リコがほほ笑み、再び首筋にかかる髪をゆっくりと愛撫してから指を滑らしていく。だが、今度は指が髪の先まで届く前に、彼の手は彼女の胸で止まった。てのひらで胸を包み、先端をじらすように撫《な》でて、妻の欲望を目に見える形にしていく。

「ナイトドレスを脱いでくれ」

ジャンナはかぶりを振った。あなたの経験豊富な恋人たちとは違い、わたしは男の人の前で服を脱ぐのに慣れていないのよ！

「愛撫をやめさせたいのかい？」

そんな！　まだ始めたばかりなのに！　ジャンナは心の中で抗議した。「いいえ」

「じゃあ、脱ぐんだ」

声ににじむ官能的な脅しが、ジャンナの抵抗を弱めた。リコは手を脇《わき》に下ろし、ただ見つめて待っている。

「また威張ってるわ」ジャンナがささやく。

リコは肩をすくめた。

彼の反応はそれだけだ。言葉もなければ、動きもない。すべてを完全にジャンナの意思に任せている。

ナイトドレスを脱ぐもよし、それとも……後ろを向いて眠ってしまうのもよし……。ジャンナはその考えの愚かさに吹きだしそうになった。健全な心は彼に背を向けることを要求するが、リコが与えるもの――想像を絶する喜びを知っている体は、彼の愛撫を求めてうずいた。

こんなにも上手に喜びを与えてくれるのに、彼がそれを義務と見なしているかどうかなど、本当に重要なことだろうか？

彼に愛撫されているとき、わたしは愛されていると感じる。それが偽りであることは知っているが、現実を直視するのはあとでいい。今は、欲望が満たされるという熱い期待が、海の妖精《ようせい》セイレーンの歌声のようにわたしを誘う。たとえ愛が報われず、わたしの心が波のように砕け散ることになっても、少なくともそこへ至る旅は、今までどおり孤独の大海原を航海するよりもずっと満足できるだろう。

ジャンナは心を決め、ナイトドレスを首まで引きあげた。そのドレスがまだ頭を隠しているというのに、温かく、自信に満ちたリコの手が胸のあたりをさまよう。その感触は信じられないほど心地よく、彼女は全身をこわばらせた。

リコは次に両の親指で胸の先端を撫で、そのまわりに円を描くように愛撫した。激しい欲望に気が変になりそうで、ジャンナはうめいた。そして、リコの手に向かって体をのけぞらせ、全神経を二つの小さな頂と、そこから生まれる喜びに集中させた。

うなるような笑い声をあげ、リコが一方の手を胸から離した。ジャンナは抗議の声を発したが、気がつくとドレスが完全に引き抜かれようとしていた。不意に視界が開け、彼の姿が目に入る。

その光景に、ジャンナは息をのんだ。妻を抱き寄せるリコの目は欲望に輝き、胸は波打っている。ジャンナは、小さなトランクス以外に何も身につけていない彼の素肌に手を伸ばし、初めて触れたその感触に身震いした。

「よし、そうだ。いい気持ちだろう？」

ジャンナはリコの肩のくぼみにキスをし、紛れもないリコの香りを吸いこんだ。「ええ」

腰を抱くリコの腕に力がこもり、ジャンナは息をするのも苦しかった。妻の悲鳴に、リコはすぐさま手の力を緩めた。しかしジャンナは、自分の引き起こした彼の反応がとても誇らしく、鎖骨に沿ってそっと彼の肌を味わいながら、キスを繰り返した。

負けじとばかりにリコもてのひらを胸のふくらみにあてがってその頂をつまみ、ジャンナの興奮をさらに高めた。そしてほどなく、もう一方の手がヒップを包み、指先が腿の付け根の無防備で柔らかな部分をもてあそんだ。

ジャンナは無我夢中で記憶に残るあの快感を求め、身をもだえさせた。すると、リコはジャンナを仰向けに横たえ、頬杖《づえ》をついて見下ろした。

「君と愛し合いたい」

「いいわ」

その言葉が終わるか終わらないうちに、唇を奪われ、ジャンナは衝撃と喜びにあえいだ。リコはすぐさまキスを深め、空いた手を体の上へ下へと走らせてはエロティックな愛撫を繰り返した。

彼女が身を震わせてさらに親密な愛撫を求めたとき、リコが不意に唇を離した。「君はとても敏感だ、小さなジャンナ」

この瞬間ほど自分は子どもではないと強く感じたことはなかったが、その反面、今の奔放な反応が果たしていいことなのかどうか、ジャンナにはわからなかった。おそらく、リコはもっと冷静な相手が好みに違いない。キアラのことを考えれば、彼が世慣れた女性との交際を重ねてきたのは明らかだ。

「自分でも抑えきれないんですもの」ジャンナは認めたものの、少し決まりが悪かった。

「抑えてほしくない」

「まあ」それならなぜリコはキスを途中でやめたのかしら？　腰の手はなぜじっとしているの？　ジャンナは不思議に思い、唇を噛《か》んだ。

そのとき、リコが奇妙なことを始めた。ジャンナの髪を枕《まくら》の上に丁寧に広げているのだ。あまりに時間がかかるので、すべてが終わるころには、彼女の体は愛撫を求めて悲鳴をあげていた。

「どうしてこんなことを？」

「こういう君の姿を見るのが夢だった」

本当かしら、とジャンナはいぶかった。とても信じられない。「わたしのことを夢に見ていたですって？」

彼は答えなかった。その代わり、髪をひと房手に取り、それを絵筆のようにしてジャンナの体に絵を描《か》きはじめた。胸とその先端は特に念入りに。

やがて髪の筆はおへそをもてあそびはじめた。そのあまりにエロティックな感触に、腿の付け根から責め苦に等しい快感がわき起こり、ジャンナは甘美な拷問からの解放を求め、恥ずかしげもなく身をよじった。

ジャンナはリコに触れようと手を差し伸べたが、腕をつかまれて阻まれた。

「だめだ」

「なぜ？」

「これは君のためにしているんだ」

「あなたのためでもあってほしいわ」

リコはジャンナの言葉を無視して、キスによって妻を服従させた。そしてイタリア語でささやいた。君はとてもセクシーだ、君の体はどこもかしこも美しい、などと。中には露骨な言葉もあり、ジャンナは恥ずかしく感じたが、興奮はますます高まった。

どうしてあなたは、触れてほしいところに触れてくれないの？

彼が笑ったので、ジャンナはそれを声に出していたことに気づいた。

「いずれそうするよ、僕の大事な人《テゾーロ》。バージンを相手に急ぎすぎるのは禁物だろう？」

「このバージンは気にしないと思うわ」

リコは笑っただけで、気が変になりそうな愛撫を続けた。彼の口が一方の胸の先端をふくんだ刹那《せつな》、ジャンナは安堵《あんど》の声をあげた。だがそれはすぐ、飽くなき欲望に取って代わられた。そして胸を吸われると、ジャンナはついに悲鳴をあげた。

「やめて!」

リコの口がもう一方の胸に移動する。彼がそれを味わいつくしたころ、ジャンナは全身を震わせ、あえいでいた。

やがて彼の手は腿の付け根に移動し、軽く撫でさすった。「君は僕のものだ」

「ええ、そうよ」

リコはついに指による探索を始め、彼女の性的興奮の証《あかし》を見つけた。

ジャンナは脚を開いた。彼に対する激しい欲望を知られても、もうかまわない。リコは前のときと同じように、いちばん敏感な部分に優しく触れ、円を描くように愛撫を加えていく。ジャンナはまもなく恍惚《こうこつ》の叫びをあげ、絶頂を迎えた。

リコの手は動きを止めたものの、彼女の体から離れる気配はなかった。

彼がキスをした。そっと、しかし我が物顔に。

リコの手が再び動きはじめた。彼の指先が女性の源泉を探ったとき、ジャンナは生まれて初めて、体内に自分以外の人の肉体を感じた。その心地よさは信じられないほどだった。

「気持ちいいわ」

リコはほほ笑んだ。女性を自分のものとした男のほほ笑み……。「もっとよくなる」指がさらに奥へと分け入る。

信じられないことに、ジャンナの体はすぐさま反応し、いつの間にか、体内の奥深くで新しい爆発の芽がふくらんでいた。彼の指がさらに奥へと侵入する。痛みが走り、ジャンナは体を引こうとしたが、リコはそれを阻んだ。

「僕を信じて」

ジャンナは夫の視線を受け止め、恐怖に泣きそうになりながらも、うなずいた。

親指で最も敏感な部分をもてあそびつつ、もう一本の指で容赦なく奥へと分け入っていく。ジャンナは耐えがたいほどの痛みを感じた。それでも、リコの指は強引に突き進む。

そして、自分の行為の意味を正確に知っている夫の手で愛撫されているうちに、痛みはすさまじい快感へと変わった。

快感は果てしなくふくらみ、せっぱつまった全身が震えだす。リコが胸の頂をそっと噛むと、最高の喜悦の波に体内のあらゆる部分が痙攣《けいれん》した。

リコが手を動かすたび、余波が幾度となく全身を駆け巡る。やがてジャンナは、もうろうとした意識に身をゆだねた。

傍らでリコの動く気配がして、やがてベッドに空洞ができた。リコが起きあがり、車椅子に座ったらしい。だが、まぶたが糊《のり》づけされたように重く、ジャンナは長くは目を開けていられなかった。

彼女は再び目を覚ました。どれくらい時間がたったのか見当がつかない。しかし、いつの間にかリコがベッドに戻っていた。脚の間に温かいタオルが押しつけられる。ジャンナが恥ずかしさに体をぴくりと動かすと、リコは優しくなだめた。

「静かに、テゾーロ、これは僕にやらせてほしい。夫だけに与えられた名誉ある権利だ」

リコが実行したもうひとつの〝名誉ある権利〟にまだくらくらしながらも、ジャンナは緊張を解き、すべてをリコの手にゆだねた。恥ずかしいけれど、大事にされているという気分がわき起こる。

そのあと、リコはジャンナを引き寄せ、たくましい腕をまわして妻を包みこんだ。「これは――僕が君にしたことは、義務なんかじゃない」

褒め言葉と情熱に満ちたキスを思い出し、ジャンナはリコを信じた。二人で激しく非難し合ったり、心にもないことを言い合ったりしたけど、リコはわたしに触れるのが好きなんだわ。彼はそれをはっきりとわからせてくれた。ジャンナはそう思い、満足の笑みをもらした。そしてリコに身をすり寄せ、彼の素肌に愛の言葉をささやいてから、彼にもたれかかった。

眠りに落ちる寸前、ジャンナは夫の言葉を聞いた。

「もう婚姻無効の申し立てなどありえないな」

どういう意味か尋ねたかったが、その気力さえ残っていないほど、彼女は疲れきっていた。

どうしてベッドがこんなに温かいのだろう？　ジャンナはとまどいながらゆっくりと目を覚ました。頭も動かない。彼女はちょっと慌てたが、髪の毛が何かの下敷きになっていることがわかり、安堵した。肋骨《ろっこつ》のあたりにも、何か重いものがのっている。腕だ。てのひらは厚かましくも胸の上にある。

リコ！

ジャンナははっとして目を開けた。そのとたん、イタリアの暖かい日差しと、傍らで仰向けに横たわる夫の姿が飛びこんできた。二人とも何ひとつ身に着けていない。下半身はそろってシーツに覆われているが、上半身は明るい朝の光にくっきりと浮かびあがっている。自分の青白い胸に置かれた浅黒い手を見て、ジャンナの全身に震えが走った。

わたしは何をしたの？

リコにバージンをささげたのだ。脚の付け根に独特の痛みがあるのが何よりの証拠だ。

手であんなことができるとは知らなかった。ジャンナは恥ずかしさに肌をほてらせ、リコの体に目が釘《くぎ》づけになる。

寝顔は穏やかで若々しく、さほど恐ろしくはない。だが、寝ていてさえ、口は尊大さを失っていない。黒い髪は乱れ、顎にはうっすらと無精髭《ひげ》が生えている。こんな彼を見るのはとてもすばらしく、ゆうべ二人で共有したことと同じくらいに秘密めいて感じられる。

しかし、内なる声がジャンナを脅す。わたしたちは愛を交わしたわけじゃないのよ、と。彼はわたしが触れるのを許さなかった。なぜ？　ジャンナはこみあげる衝動を抑えきれず、手を伸ばして額に落ちた彼の前髪をそっとかきあげた。まるで家宝の銀の器を盗みに忍びこんだ気分だ。

ジャンナは彼が目を覚まさないのに勇気づけられ、前からあこがれていたたくましい胸に指を走らせてみた。妙な感触だ。柔らかいのに引きしまっている。ジャンナはおずおずと指で肌を押し、筋肉の力強さとしなやかさを楽しんだ。

わたしの夫は本当に美しい。ジャンナの口もとに微笑が浮かぶ。

美しいなどと形容されたら、リコが死ぬほど怒るのはわかっている。だが、ジャンナにとって、彼は男性美をすべて備えた理想の男性だ。強く、エネルギッシュで、たくましい。そして大きい。並んで横たわると、二人の体格の違いが際立ち、彼女は安心感を覚えた。

リコがわずかに動いた。新しいおもちゃを与えられた幼児のように、彼を眺めたり触れたりするさまを見られてしまったかもしれない。ジャンナは胸をどきどきさせ、慌てて手を引っこめた。

リコがまた動かなくなった。ジャンナはためていた息を勢いよく吐きだした。わたしの愛撫に気づいたら、リコはいやがるだろうか？　男性の心理をもっともっと知りたい。リコはわたしが興味を持った唯一の男性だ。それなのに、難しいパズルのように彼の気持ちが読み解けない。

でも、リコはゆうべ、少し自分のことを話してくれた。そして、わたしを妬《や》かせたかったと認めた。義務感でわたしを愛撫するのではないということも。二人の再スタートとしてはまあまあだ。

そして彼は、この結婚を継続させたいと強調した。最後の言葉の意味を理解したときは、テコンドーの踵《かかと》落としをくらったようなショックを受けた。昨夜、リコは結婚を〝完成〟させた。わたしはもうバージンではない。これで婚姻無効の訴えなどできなくなった。リコがわざとそうしたのだ。だが、怒る気にはなれなかった。彼の行動はまさに、永遠に二人で一緒に暮らしたいという気持ちの証にほかならないのだから。

リコが目を開けた。

「おはよう」

「すてきな朝よ」

「本当かい？」

「ええ」一歩深まった新しい関係が恥ずかしく、ジャンナは体を離そうとしたが、リコの手がそれを阻んだ。「もう起きましょう。リハビリテーションの時間まであと一時間もないわ」リコが目を覚ましたからには、ゆうべの出来事の分析はもうやめよう、と彼女は思った。

リコは結婚生活を続けたいと思っているかもしれないが、妻を愛しているわけではない。その思いがきのうの出来事の価値を灰色に曇らせる。

「どうしたんだ、いとしい人《カーラ》？　痛むのかい？」

「少し」

「痛い思いをさせてすまない」

「大したことないわ。最初は少し痛いのが普通らしいから」

「通常の初体験なら、痛くなかったかもしれない」

「リコ！　そんなことをわざわざ言う必要はないのに！」

リコはほほ笑んだ。「恥ずかしがらなくていいんだよ、テゾーロ。僕は君の夫なんだから」

無理やりバージンだと認めさせられたとき、彼が同じような言葉を口にしたのをジャンナは思い出した。「リコ、何が恥ずかしいと感じるかは、わたしとあなたとでは大違いよ」

「君はあまりに何も知らない」

「もう知ってるわ」

「確かにね。今や、君は僕のものだ」

「好むと好まざるとにかかわらず」声に思いがけず皮肉な響きがにじむ。いったいどうしたのかしら？

リコが顔をしかめた。「僕との結婚がうれしくないのかい？　ゆうべの君から考えると、とても信じられないが」

男性ってこれほど思いあがれるものかしら、とジャンナはあきれた。「現実を見てちょうだい、リコ。わたしたちの結婚は、真剣に将来を考えてしたものじゃないわ」まったくそのとおりだ。リコは美しいスーパーモデルと結婚するつもりでいたし、ジャンナは愛を貫いて結婚するつもりだったのだから。

リコは、奇妙なほど優しく、ジャンナの頬を撫でた。「そのとおりだが、人生とは思いどおりにならないものだ。違うかい？」

「そうね」ジャンナはリコの胸に手を添えた。安定した鼓動が心強い。「わたしはずっと、愛のために結婚したいと思っていたわ」

リコが妻を抱いている腕に力をこめた。なぜか表情が険しい。「君は僕を愛している」何か言おうと口を開いたジャンナを遮り、彼は続けた。「僕への愛情を否定しないでくれ。僕はその贈り物をいつまでも大事にするつもりだ」

「あなたはわたしを愛していないわ」

リコの顔がまったくの無表情に変わった。「君が好きだ」また妻の額と頬をそっと撫でる。「二人でよい人生を送ろう」

　ジャンナは答えなかった。答えられなかった。何かを知っているのと、それを実際に聞くのとはまったく別物であることに、彼女はそのとき気づいた。リコに愛されていないことは知っていたが、ひそかに希望をいだいていた。リコが結婚とその持続を主張する裏には、何か大きな意味がある、と。〝好きだ。よい人生を送ろう〟とだけ言うのを聞くと、致命的な一撃を受けた気になる。

　リコは敵ではない。それでも、このときばかりは、長年にわたる継母《ままはは》のいじめすべてをひっくるめたよりも、ジャンナは傷ついた。目の前に広がるのは、夫の愛に飢えた孤独な結婚生活だ。だが、何よりも悲しいのは、リコのいない人生のほうがそれよりはるかに悲惨に思えることだろう。

　ジャンナはつらい気持ちを声に出さないことだけを考え、深く息を吸って吐きだした。「でも、やっぱり、もう起きましょう」これ以上この話題を続けるのは耐えられなかった。

　リコはかぶりを振った。「これ以上、君が今のような見方をするのを許すわけにはいかない。僕を信じるんだ。僕たちの結婚はまさに理想的な結婚になるだろう」

「キアラを愛していたの？」マゾヒスティックな熱意で、ジャンナはきいた。

「キアラとはセックスで結びついた関係だ。それ以上のものだと信じていた時期もあったが、今にして思えば、彼女と一緒だったときの記憶はベッドでの行為に集中している」

　キアラとの情事なんか思い出してほしくない。完全なセックスをわたしたちはまだ経験していないのに！「それで、わたしとは？」

「セックスをはるかに超えている」

「でも、愛じゃないわ」

リコは口もとを引き締め、言葉を探した。ようやく出てきた言葉は、ジャンナが求めていた言葉ではなかった。「僕たちのつき合いは長い」

「あなたとキアラだってそうよ」

「キアラは過去の人間だ。君は今ここにいる」

「愛されてもいないのに、出ていくことは許されないあなたの奥さんとしてね」

「出ていきたいのかい？」

プライドを守るための嘘《うそ》はつけず、ジャンナは喉をごくりと鳴らした。

リコはジャンナを胸の上に引きあげ、彼女の視線をとらえた。二人の唇は数センチしか離れていない。

「君が出ていきたくないと思っているのは、わかっている」

「ええ、そのとおりよ」彼と別れるのは、麻酔なしで手足を切断されるようなものだ、とジャンナは思った。でも、彼の愛を得られない生活は、治っていない傷口を絶えずこすられているのと同じくらいにつらい。

「僕も、君に出ていってほしくない」

僕の言うことを信じろ、と迫るリコの目を見つめていると、かすかな希望の火がともる。わたしが出ていくのを、この人はいやがっている。何か意味があるはずよ。愛してもらえなくても、一緒に暮らしていれば、いつかきっと彼にとってわたしが世界一の女だと気づくわ。彼はすばらしい頭脳の持ち主なのだから。

リコが言葉に頼るのをあきらめ、キスを始めたのはそのときだった。五秒とたたないうちに、それは官能的なキスへと変わった。まもなく両手が背中をさまよいはじめ、大胆な動きで上掛けをのけてヒップをあらわにしていく。

ジャンナは抗議もせず、愛の行為に引きこまれた。心理的な結びつきを否定したあとだけに、いつにも増して肌の触れ合いが欲しかった。

二人はリハビリテーションの時間に遅れたが、ティムは笑い、新婚ほやほやですからね、とからかっただけだった。彼はこうも言った。こんなすてきな女性と一緒なら、朝遅刻するのも当然です、よくわかりますよ、と。

だが、ティムは知らない。激しく駆りたてておきながら、妻が同じように彼の体に触れようとするたびに、リコがうまくはぐらかすことを。

どうして、と思わずにはいられない。夫婦のプライバシーの重大な侵害だとリコが怒らない保証があれば、夫の態度には生理的理由があるのかどうか、ジャンナは療法士に聞いてみたかった。

胸や腹部、脚の筋肉を鍛錬するローイング・マシーンのハンドルを、リコは勢いよく引き、それから欲求不満をぶつけるかのようにぐいっと前かがみの姿勢をとった。僕は歩きたい。くそっ！　妻とセックスがしたい。それも、ちゃんとしたセックス、全身を使ったセックスを！

ゆうべはその可能性があったような気がした。ジャンナに愛撫を加えはじめたとき、半ば高まりかけたのに、長くは続かず、性的不能の感覚に嫌悪感を催した。

けさ、ジャンナは二人の気持ちについて話し合いを持ちたがっていた。僕は自分の気持ちがわからない。キアラを必要としたのとは違った意味で、僕の人生には彼女が必要だ。性的満足を経験する能力がないだけに、なおさらそう思う。

世間知らずの僕の妻はそれに気づいているのだろうか？　愛していると言わなかったとき、彼女は動揺したが、理想的な恋愛結婚よりこの結婚のほうがずっと永続的で長続きすることに、気づかないのだろうか？

　僕は彼女に約束した。そして、彼女が僕に約束したこともわかっている。いずれ、子どもが生まれるだろう。普通の方法で父親になれるという希望を持ちかけていたが、けさ、中途半端でしかも途中で力がなくなるという繰り返しに終わったことで、僕はその考えにけりをつけた。

　ジャンナに僕の子どもを産んでほしい。結婚生活を始めることが、妻の座に落ち着くことに役立つと思っていたが、彼女はいまだに不安をいだいているようだ。だが、いったん僕の子どもを身ごもったら、二度と別れようなどとは思わないのではないか。

　リコはそんなふうに考えていた。

8

　その日の午後遅く、リコの両親が旅行から帰ってきて、息子の事故やその後のリハビリテーションの様子などを聞いた。

　今日、平行棒につかまって自力で立ったことを聞くと、レナータはリコを抱きしめ、イタリア人特有の大げさな身ぶりでキスをした。「まあ、あなたはいつだって目的を達成するのね！」

「世紀の大事業でもあるまいし」リコは冷ややかに応じ、この話題を持ちだしたジャンナをにらみつけた。

　リコの両親は強盗に襲われた女性を救った息子の行動を褒めそやした。そして案の定、レナータは車椅子に乗った息子の姿に胸をつまらせた。ジャンナが平行棒を使ったリハビリテーションの件を持ちだしたりしたのは、母親の関心を事故の結果ではなく、リコが獲得しつつある成果へと向けるためだった。

ジャンナはたじろぐ様子もなく、彼の目を見つめた。「自力で立てたことは、あなたがもうすぐ歩けるようになるという明確な証拠なのよ」

レナータは目を潤ませ、ジャンナにほほ笑んでみせた。「もちろん、リコはまた歩けるようになりますとも」

リコの男としてのプライドを思いやり、ティトは息子の障害については何ひとつ触れず、話題を変えた。「見てごらん、ジャンナが毅然《きぜん》としてリコに立ち向かっている！　なんと勇敢でかわいい娘なのだろう、我らのジャンナは」

「はいはい、まったくね！　息子がわたしたちのお気に入りの娘と結婚するほど分別があったとは、いまだに信じられないわ」

ティトは三十年以上も連れ添っている妻を抱きしめた。「父親に似て趣味がいい」

「まあ、あなたったら！」

アンドレが屈託のない笑い声をあげ、父親に向かってにやりとしてみせた。「まあこの半年の間に、兄貴の趣味が改善したのは確かだろうな」

「そうとも。例のスーパーモデル、彼女の心はからっぽだ。レナータがコルフ島に買い物に行ったあとの、わが家の銀行口座みたいにね」

みんなが笑う中、リコひとりがいやな顔をした。

「つまり、僕にフィアンセを選ぶ目がなかったというわけか！」

アンドレが肩をすくめた。「妻を選ぶ目はあったと思うよ」

「まさにグッドタイミングで正気に戻ったことを、神に感謝しなければな」親だけに許された遠慮のない口調で、ティトが言った。

「それとも、車の運転手にかしら?」レナータが夫のあとに続く。「何かが起こるときは、必ず理由があるものよ。リコはいずれ治るわ。でも、この事故のおかげで、間違った結婚をしないですんだ。ひどい妻をつかむ羽目になったかもしれないのに。ええ、ええ、そうよ！　生活のために平気で服を脱ぐ、あのいやな、うぬぼれやをね」

「キアラはモデルだ。ストリッパーじゃないよ、母さん」リコは鋭い口調で母親をたしなめた。

キアラをもう愛していないと断言したわりには、元フィアンセをけなされたことに対する腹の立て方が異常だわ。そう思いつつ、ジャンナは自分に言い聞かせた。きっと彼のプライドが言わせるのね、と。

レナータは口をとがらした。「わたしが若いころは、まともな娘は人前で服を脱いだり、下着以下の格好で舞台を歩いたりしなかったわ。ジャンナがそんなまねをしたことがあったかしら?」

リコが考えこむような目で、ジャンナを見た。どうやら、そんな光景を想像しようとしているらしい。

ジャンナは目をそむけた。身体的特徴をキアラと比べられるなんて、考えただけでぞっとする。「わたしは背が低いのに体重はあって、モデル契約のテストさえ受けられないわ」

「さあ、どうかな?　君の下着姿は、キアラのような痩《や》せっぽちのモデルには太刀打ちできない魅力があると思うな。ビキニ姿で確認ずみだ」アンドレはいたずらっぽい笑みを浮かべて言った。

レナータがため息をついた。「アンドレ、お兄さんの妻をそんなふうに言うもんじゃないわ」

アンドレは仕立てのよいイタリア製スーツに包まれた肩を無造作に動かした。「不快感を与えたとしたら、申し訳ない」アンドレは笑いを含んだ目をジャンナに向けた。「傷ついたかい、義姉《ねえ》さん?」

どう応じていいかわからず、ジャンナはかぶりを振った。体形へのアンドレの評価に恥ずかしさを感じたものの、腹は立たなかった。女心をくすぐられていやな気がするはずはない。そのうえ、アンドレからは姉として見られているのを知っている。ジャンナは彼の言葉を、たわいない弟のからかいと受け止めた。

「僕が傷ついた」凍りつくような声で、リコが割って入った。

「そう深刻に考えるなよ」アンドレが言った。「もしキアラと結婚していたら、弟に言われるだけじゃなく、新聞に書きたてられるのにも慣れなくちゃいけなかったんだから」

「だが、僕はキアラと結婚しなかった。そうだろう?」恐ろしいほど優しい声で、リコがきいた。

「しなかった。だからみんな喜んでいる」ティトが次男に代わって答えた。

それでも、リコの鬱屈《うつくつ》した怒りがおさまる気配はなかった。

まもなく話題は変わったが、今度はジャンナが緊張する番だった。その後の一時間は、リコの両親に留守中の出来事を報告するのに費やされたからだ。リコがキアラを弁護したこと、元婚約者をけなされて彼がひどく立腹したことなど、いやな思い出が次から次へとジャンナの脳裏をよぎった。

話題がビジネスに移ったのを潮に、レナータはジャンナを連れて部屋を出た。旅先で買ってきたものをジャンナに見せるためだ。

ジャンナはまず、手製の刺繍《ししゅう》を施した寝具カバーを見せてもらい、そっと指を走らせた。「とてもきれいだわ。仕上げに一年くらいかかったんじゃないかしら」薄いラベンダー色のシルクは紫色のアイリスに覆われ、濃い緑色の茎と葉っぱがアイビーのようにもつれ合っている。

「これをつくった女の人は、数カ月かかったって言っていたわ」レナータはスペインで買った白いレースのスカーフを引っ張りだした。「これをヴェールにしてあなたが結婚式でかぶったら、さぞかしきれいだったでしょうね」

その言葉に隠された強烈なメッセージを読み取り、ジャンナは頬を染めた。「本当にきれい」

「登記所とはねえ。ディリナルド家の人間はそんな殺風景なところで結婚しないものよ。友だちの立ち会いも、聖職者の祝福も、贈り物もない結婚式なんて」レナータは立ちあがり、ジャンナの髪をスカーフで覆い、それを肩に広げた。それから後ろに下がり、効果のほどを確かめた。「そう、結婚の日はこういう装いをすべきだったのよ」

「まだ車椅子でしか移動できなかったので、列席者の好奇の目にさらされるのを、リコが嫌ったの」

「それなら、待てばよかったんだわ。わたしたちの息子が……両親さえ出席せずに結婚するなんて……。リコが動けるようになったら、ちゃんとした祝宴を開かなければ」

ジャンナが賛成ととられかねない声を発すると、レナータはすぐに、盛大なイタリア式披露宴のプランづくりに熱中した。

「さっそくリストをつくり、するべきことを考えなくちゃ」そう言いながら、レナータはジャンナを部屋の外に追い立てた。

披露宴の準備に関しては花嫁も意見を言うべきだと思ったものの、ジャンナはあえて指摘しなかった。母が生きていれば、まさに今レナータがしているのと同じことをしたに違いない。そして、レナータにも助言を求めたことだろう。

ジャンナは書斎に行き、読書に没頭しようとしたが、あることが頭にこびりついて離れなかった。リコの両親が結婚に賛成していることには心からほっとしたが、二人があからさまに口にしたキアラへの非難がリコに悪い影響を及ぼすのではないかと気がかりだった。

ディナーに備えて部屋で服装を整えているとき、ジャンナの心配は的中した。

彼女はチョコレート色のシンプルで上品なシルクのドレスに着替え、母から受け継いだ薔薇《ばら》の形の金のペンダントと、それと対のイヤリングをつけて、バスルームから出た。髪は下ろしたままだが、一部だけ金のクリップで後ろに留めてある。

それを見てリコの目に炎が燃えあがり、すぐに冷たくなった。「僕の両親がいだく清らかな花嫁のイメージに恥じない服装をしようというわけだな？」

ジャンナはドレスを見直した。これまでの一週間にこの屋敷のディナーで着ていた服とさほど変わらない。「言ってることがよくわからないわ」

「へえ、本当に？」

ジャンナは爪がてのひらに食いこむほど拳《こぶし》を握りしめた。「ええ」

「キアラが病院に来ると、君やアンドレがとてもいやな顔をする、と彼女は文句を言った。あのときは一笑に付したが、今日両親や弟と話したあとでは、彼女のほうが僕より物事を現実的に見ていたような気がしてきた」

あのときのことはジャンナも覚えている。リコがキアラのずうずうしい嘘《うそ》に取り合わなかったことにほっとしたものだ。結婚生活のさまざまな問題に苦しめられている今になって、あのときのことを蒸し返されるなんてうんざりだわ。彼の顔つきから判断して、こっちの言い分は信じてもらえそうにないが、とにかく努力だけはしてみよう。「アンドレはキアラを好きじゃないかもしれないけど、だからって、あなたのフィアンセだったときの彼女に、彼が礼儀に欠く行動をとるなんてありえない。そんなことをするには彼、あなたを尊敬しすぎているもの」

「君はそう思うのか？」リコはジャンナとの距離をつめた。

「この目で見たのよ。わたしがその場にいたこと、知ってるでしょう？」

「確かに君はいた。だが君が弟に荷担して、キアラを僕のそばから追いだしたとすれば、その事実をおおやけにするはずはない。違うかい？」

ジャンナは腹が立った。どうしてリコはわたしの誠意に疑問を持つのかしら？ キアラはとびきり不愉快な人間だ。あんな人が巧妙に仕組んだ計略に基づいて人格を非難され、屈するのは我慢できない。

「わたしは誰も追いだしたりしないわ。そもそも、わたしが病院に着いたとき、あなたのフィアンセの姿はどこにもなかったわ。愛する人の看護で意識の回復状況がすっかり変わる可能性がある、と医師たちは助言をしたのに、あの人は昏睡《こんすい》状態のあなたをひとりにしてふらふら飛び歩いていたのよ。もしわたしの言うことが信じられないのなら、アンドレにきいてごらんなさい」

「どちらの女性に好意をいだいているか、弟はすでに明言している」

「彼が嘘をつくと思うわけね？」

「君のためにかい？ たぶんそうだろう」

「ばかげてるわ」

「そうかな？ アンドレは兄嫁への賞賛を隠そうともしない」

リコの目から怒りとは別の感情を読み取り、ジャンナは息をのんだ。「妬《や》いているのね」

リコは手で大きく弧を描き、車椅子を指し示した。

「そんなに驚くことかな？」

「わたし、アンドレとは結婚しなかったわ」

「だが、水着姿を褒められて喜んだ」

「傷つけばよかったの？」

「妻たるもの、夫以外の男から褒められたがるものじゃない」

「わたしはアンドレに褒められたがってなんかいないわ。だからといって、彼が優しい言葉を口にしたとき、それをやめるように注意する気もないわ。彼はもうわたしの義弟《おとうと》なんですもの」

「そして、僕は君の夫だ」

このばかげた会話は何から始まったのかしら、とジャンナは自問した。ああ、そう、キアラのことだったわ。「あなたは本気で思っているの？　わたしが独占欲に駆られてキアラを遠ざけた、と」

リコが顔をしかめ、セクシーな唇がゆがむ。「いや、腹立ち紛れに言ったまでだ」

そういえば、前にもこんなことがあったわ。ジャンナはほほ笑んだ。「嫉妬《しっと》したのね」

このときばかりは見ただけですぐに不機嫌とわかる顔で、リコは長々とため息をついた。「ああ」

ジャンナはにっこり笑い、今までにしたことのないこと、つまり、彼の膝にどんと座り、両手を首にまわして顎にキスをしたあと、顔を彼の胸にゆだねた。「妬かないで。あなたが嫉妬する理由なんか全然ないんだから」

リコは、妻を痛がるほど強く抱きしめた。ほどなく力を緩めたが、彼は腕をまわしたまま、ジャンナの頭のてっぺんに頬をこすりつけた。「ジャンナ」

二人はそのまま言葉もなく満ち足りた気持ちで数分間を過ごし、ディナーの席へと向かった。

深夜の国際電話を二つすましてからリコが寝室に入ると、妻はもう幼い子どものように片手を頬の下に丸めて眠っていた。

ジャンナが自分から進んで膝に座ってくれたことが自分にとってどんなに重要な意味があったかを思

うと、リコは今もめまいを感じた。まるで全世界を腕に抱いているような気分だった。とはいえ、全面的に心地よかったわけではない。ジャンナとの一体感は、今まで経験したこともない自立心の欠如を暗示していた。キアラといるときは一度も経験しなかった感覚だ。

リコはなんとかベッドに上がった。

この一週間で運動機能は大幅に回復したが、まだ歩くには至っていない。今までできて当たり前だったことに四苦八苦する状態は相変わらずだ。

ジャンナを引き寄せて腕に抱きたいという衝動を抑えきれず、さんざん苦労した挙げ句、リコは目的を達した。

信頼しきって体を寄せる小柄な妻に触れ、苦労の価値はあったと思う。たったひと晩ではなく、何年も一緒に寝てきたように、ジャンナは無意識のうちにすり寄ってきた。たぶん僕同様、彼女も夢の中でそうしてきたのだろう。

リコはふと、先ほどの自分のむちゃくちゃな非難を思い出し、眉をひそめた。だんだんわかってきたが、嫉妬とは地獄の苦しみだ。キアラにはやきもちを焼いたことがない。モデルとして身に着ける衣装がどれほど小さくても。アンドレの言うとおりだ。だが、ビキニ姿のジャンナがほかの男から十数メートルの範囲内にいると考えただけで、頭に血がのぼる。母に頼み、もう少し控えめなワンピースの水着を探してもらおう。

しかし、自立心の強い妻にそれを着させるのは容易ではない。ジャンナは心の底まで伝統的イタリア人である場合もあれば、非常にアメリカ人的な考え方や行動をする場合もある。

片方の小さな手はリコの胸に、片方の脚はいつの間にか彼の腿の上にのっている。妻の体の重みは感じられるが、肌の柔らかさを実感するには、手で触れなければならない。それが腹立たしい。

いつになったら完全な体に戻れるのだろう？

リコは片方の手をジャンナのヒップに当て、男としての反応を引き起こそうと、自分の下腹部に押しつけ続けた。だが何も起きない。下半身の運動機能が完全に回復すれば、性的な反応も戻ってくるのだろうか？

戻らない可能性を考えて、リコは恐怖に襲われた。男なら誰でもそうだろう。性的能力を失っていることを悟られないように、妻には体を触れさせないつもりでいる。それなのに、キアラにも、ほかの誰にも望まなかったやり方で、この小さな両手に体じゅうを探らせたいという思いに胸がうずく。

ひとつ確かなことがある、とリコは思った。それは、性的能力が不完全だろうと完全だろうと、ジャンナを決して手放さないということだ。

翌朝、リコの男らしい香りがする枕《まくら》を抱き、ジャンナは目を覚ました。体が温かく、ひと晩じゅう抱かれていたような記憶がかすかにある。わたしは本当に抱かれていたのだろうか？　それとも、自分勝手で浅ましい幻想にすぎないのだろうか？

起床後一時間足らずで一階に下りると、朝食のテーブルに着いているのはリコだけだった。ジャンナは彼の向かいに腰を下ろした。「みんなは？」

「父と母はまだ寝ている。アンドレは銀行の代表者として朝食会に出席中だ」

ジャンナはほほ笑んだ。「お義父《とう》さまとお義母《かあ》さまが家にいらっしゃるなんて、すてき！」

リコが同意の表情を浮かべたのを見て、ジャンナの心はなごんだ。

「二人とも、娘ができて大喜びだ」

「わたしたちの結婚式のこと、お義母さまはご不満よ。それで、教会で祝福を受けさせたいと思っていらっしゃるの。どうやらアンドレの予言が的中したようね」

リコのほほ笑みに、ジャンナの心は太陽に熱せられた路上のミルク・チョコレートのように溶けた。

「母は心ゆくまで楽しむだろう。君はそれでいいのかい？」

「ええ。きのう、お義母さまが計画を立てていらっしゃるとき、母が生きていたらどうだったかしらとつい考えちゃったわ。なんだか幸せな気分だった」

「では、母の好きなようにしてもらおう」

ジャンナはうなずき、テーブルの上のボウルから果物を取り、食べはじめた。

リコが腕時計をちらりと見た。「急いでくれ。予約の時間まで一時間もない」

「予約？」

「不妊治療の予約だ」

「でも、どうして？」あと数週間もすれば、彼は歩けるようになる。なのに、どうして体外受精を受ける必要があるのだろう？

「君に僕の子どもを身ごもらせるためだ」

「でも……」

「僕が忘れるのを期待していたのかい？」

「いいえ。あなたの赤ちゃんは欲しいわ」

「では、早く食事をすませたまえ」

「でもあなたは、もうほとんど歩けるわ」

銀色の目に何かがよぎり、すぐまた消えた。

「幸せな結末を迎えられる保証はない。僕は、今すぐ家族づくりを始めたいんだ」

それに、とジャンナは思った。赤ん坊は二人を結ぶもうひとつの絆《きずな》、つまり精神的関係を深める大きな力になるだろう。「わかったわ」

9

二人で診察室に入ったときも、ジャンナはまだ体外受精による妊娠を望むリコの意図が完全には理解できないでいた。考えられる理由はひとつだ。彼は対外受精でしか父親になれないと思っているのだ。

「体外受精の必要がないことはおわかりですね」

医師の言葉に、ジャンナの意識は当面の問題に引き戻された。

「ミスター・ディリナルド、あなたの精子は精巣精子採取法で採取しますが、比較的簡単な処置ですから、外来で行います」

リコは穏やかな表情でうなずいた。

医師がジャンナのほうを向いた。「あなたには子宮内授精の処置を受けていただきます」

そのあとに続くやり取りで、ジャンナは決まりの悪い思いを味わった。生理の周期など、返事に窮するような質問を医師がいくつもしたからだ。

三度目に口ごもりながら答えたとき、リコはため息をついた。「僕は外にいたほうがいいかい？」

「ええ」ジャンナは顔がさらに赤らむのを感じながらうなずき、目で理解を求めた。

わかったというようにリコがかすかに笑みを浮かべるのを見て、二人の精神的な結びつきが深まった気がして、ジャンナはうれしかった。

リコが出ていったあと、ジャンナは医師に確かめた。「子宮内授精のお話でしたね？」

「はい。これは最も簡単な方法のひとつで、心配はほとんどありません」

そのあと、医師の説明は、治療前にしておくべきことや、治療に最適な時期を決めるために体温などを記録する方法へと移った。

やがて、医師は温かくほほ笑んだ。「簡単な治療ですが、少しばかり痛みが生じる可能性もあるんです。おわかりですね？」

なぜ痛むのか、どんな痛さなのか、よくわからないまま、ジャンナはうなずいた。

「処置の間、ちょっとした不快感からだらだら長引く痛みまで、なんらかの症状を経験されるでしょう。ごくわずかな不快感はあるにしても、それ以上のことを訴える人は、この治療を受ける患者さんの三パーセント以下です」

ジャンナはほっとしたが、進んでリコに伝える話ではない。

「わかりました」

「妊娠するまで五、六回処置を試みる場合もあります」医師は注意を促した。

ジャンナはうなずいた。そのころまでにリコの機能が回復してほしいものだと思いながら。

リコを診察室に呼び戻してから、医師はジャンナに必要な器具一式を与えた。どうやらこれらの器具が、治療に最適な時期を教えてくれるらしい。「体温は毎日測るんでしょうか？」

「はい。それと――」

「あとは説明書を読みますから」妊娠能力測定方法の説明がリコの前で始まる前に、ジャンナは大急ぎで遮った。

翌週の火曜日に精子採取の予約をしてから、二人はクリニックを出た。

リコが精子採取を終えた翌日の午前中、彼のあとについてジャンナはリハビリテーション室に入っていった。ティムはまだ来ていなかったが、リコはすぐさまローイング・マシーンに座り、何事に対してもそうであるように、一心不乱に訓練を始めた。

ジャンナはミネラルウォーターのボトルを、彼のそばに敷かれたマットの上に置いた。「ティムから聞いたけれど、きのう、リハビリテーションが数段階も進んだそうね」

レナータと買い物に行っていたため、ティムと彼の妻がディナーに訪れるまで、ジャンナはそのことを知らなかった。ティムがその話をしたのは、みんなを居間に残し、ジャンナひとりで帰宅する二人を見送りに行ったときだった。彼女はショックを受けたが、ティムは機転をきかせ、気づかないふりをしてくれた。

夫が回復の進展を教えてくれなかったことに、ジャンナは傷つき、困惑した。二人の関係は深まっているとばかり思っていただけになおさらだった。

「そうだ。今日の夕食の席で、重大発表が期待できるのかな？」

夫の痛烈な皮肉に、ジャンナはひるんだ。「ご両親やアンドレも、リハビリテーションの進展具合を気にしているわ」

「そのとおりさ、いとしい人《カーラ》。君を叱《しか》ってはいけないな。言いたいことをみんなに言えばいい」

限界まで肉体を追いつめようとするリコの身を案じて、ジャンナは唇を噛《か》んだ。「処置の翌日に、こんなに頑張って大丈夫なの？」

リコはぐっと顎を引き、三度マシーンをこいでから答えた。「子どもじゃあるまいし、僕に子守《ナニー》は必要ない」

「そんなつもりはないわ」

「では、なぜここにいる？」

いい質問だわ、とジャンナは思った。最初は、付き添うというよりも、彼をリハビリテーションに取り組む気を起こさせるためだった。だが、帰国してから、リコは歩行機能の回復に過剰と思えるほどの関心を払っている。それでもジャンナがリハビリテーションにつき合い続けるのは、ほかの時間帯は仕事がリコを占領してしまうからだ。夕食では会えるものの、それ以外にはめったに会えなかった。

夫がベッドに入ってくるころは、ジャンナはもう眠っていることが多い。起きているときでも、彼は話をしたがらない。愛撫《あいぶ》はしてくれるものの、ジャンナが触れようとすると、決まって拒否する。夫に抱かれて眠るのはうれしいが、彼の腕の中で感じる喜びの何分の一かを返そうとして拒否されると、彼女は言いようのない不安に駆られた。

夫婦の秘め事をティムに相談する勇気はまだ出ない。いつその勇気が出るかもわからない。

「わたしが付き添うのを、あなたが望んでいると思っていたの」ジャンナは静かに答えながらも、自分が必要以上に世話を焼いていることをはっきりと自覚していた。「今後はあなたに任せるわ」

ジャンナは踵《きびす》を返し、出ていこうとした。

「ジャンナ」

「何か欲しいものでも？」振り向きもせずに彼女は応じた。

数秒の沈黙のあと、リコが口を開いた。「僕は君の付き添いを……楽しんでいる」

いかにも言いにくそうに、こんなにもぎこちない声で言われても、信じる気持ちになれない。気を遣って口に出せないだけで、出ていけ、と言いたがっているのは明らかだ。おそらくこの数日間、そう願ってきたのだろう。

「カーラ」

「え？」わたしの思い違いだったかしら。きっと、ここにいてくれと頼むつもりなんだわ。

「けさ、体温は計ったかい？」

まあ、ひどい。ジャンナは憤慨した。リコがわたしに期待するのは子宮だけだなんて！「いいえ」

「なぜだい？」

「始まったの」これだけでわかるはずだ。「いつもの周期どおりなら、三週間以内に治療が開始できるはずよ」

返事は待つまでもなかった。彼が何を望んでいるかはわかっている。赤ん坊だ。ジャンナは彼の夢の付属物にすぎない。夜、涙がこぼれそうなほど優しく愛撫されるときなど、わたしは彼にとって少しは意味のある存在なのだ、と自分に言い聞かせているが、本当は違う。それを受け入れるのが早ければ早いほど、傷は浅くてすむ。

リコは立ち去っていくジャンナを見つめた。呼び戻したかった。しかし、彼に何が言えただろう？妻に我が子を妊娠させるために不妊治療を受けさせなければならないことが、リコには無念でたまらなかった。そんな自分がろくでもない男に思えた。それに加えて、機能回復を目指しての苦闘を妻に見られるのが、どんどんつらくなっていた。ジャンナは彼を何もできない子どものように扱い、なだめすかしてリハビリテーションに集中させるかと思えば、エネルギーを使いすぎると叱った。

夫という実感を持てるのは、夜、彼女を愛撫するときだけだった。脚が二歳児以下にしか動かせなくても、そのときだけはまったく支障を感じない。妻は激しく燃えあがる。絶頂に達した妻の歓喜の声と痙攣《けいれん》する体の感触に、自分自身が満足したのと同じくらいうれしくなる。それは麻薬のようにすぐ癖になった。

勇気を奮い起こして尋ねた理学療法士の回答は、励みにもなると同時に、不安をあおった。多くの患者は完全に回復するが、運動能力の回復後も男性機能が回復しないケースがまれにあるというのだ。

自分がそのひとりになるかもしれないと思うと、ついジャンナにつれなくなってしまう。彼女は妻であり、恋人だ。僕はジャンナを愛している。いつその気持ちが定着したのかわからないが、ニューヨークの病院で意識を回復してからずっと、自分には彼女が必要だと思っていた。ほかの人間をこんなふうに必要だと感じたのは初めてだ。

そして、彼女のために、完全な夫になることだけを望んでいる。リハビリテーションに持てる力をすべて注ぐのはそのためだ。だからこそ、ティムの指導のもと、脚の機能訓練や筋肉の鍛錬に努め、ぶざまな姿で何度マットに這《は》いつくばろうとも歩行訓練に励んでいる。這いつくばることは敗北ではない。あきらめない限り、妻のために完全な夫になろうとする気力がある限り、負け犬にはならないだろう。

それからしばらく、ジャンナはほとんど夫の姿を見かけなかった。リハビリテーション中の夫を見守ることもなかった。彼は一週間のうち三度も、ディナー会議に出席した。家で夕食をとるときも、ジャンナの話し相手はもっぱら彼の母親で、二人で結婚式の計画について語り合っていた。

そして、夫に拒絶されたくないばかりに、ジャンナは夫婦らしい親密な会話をするのを避けた。リコも懸命に妻を避けているらしく、毎晩、ジャンナが眠ったずっとあとでベッドに入る。一度、起こされたことがあったが、疲れていると言ってジャンナは冷ややかに拒んだ。彼に愛撫されると必ず生じる、苦悩と喜びがまじり合ったあの感情に向き合いたくなかった。それ以来、リコはベッドで妻に声をかけなくなった。

それでも、夫に抱かれて眠ったと断言できる夜が何度かあった。しかし、いつも目を覚ます前に彼はいなくなっていたので、ジャンナは自分に言い聞かせるしかなかった。温かく安心感に満ちた感覚は夢だったのよ、と。

三週間目の中ごろ、シャワーを浴びてバスルームから出てくると、ベッドにリコがいた。

「何をしているの？」

「このベッドで寝てはいけないのかい？」

「いつもはこんなに早くベッドに来ないわ」

「つまり、今夜は違うということだ」

確かに……何かが……彼の何かが違う。目が誇らしげに輝いている。誇る？　何を？　そのとき、ジャンナははっと思い当たった。「車椅子は？」

「もう必要ない」

「歩けるようになったの？」ジャンナは急《せ》きこんで尋ねた。

「一応はね。ステッキは必要だが、前進には違いないだろう？」

「もちろんよ！」ジャンナは叫び、ベッドに身を投げだしてリコを抱きしめた。

彼は妻をしっかりと抱き止めた。

「あなたは歩けるのね。あなたならきっとできると思っていたわ」ジャンナはいつの間にかリコの首に手をまわし、その膝の上に座っていた。

「適切な発奮材料があれば、男はなんでもできる」

涙に潤む目で、ジャンナはほほ笑んだ。「ああ、リコ……」何がこれほど完璧《かんぺき》に彼の関心をリハビリテーションに向けさせたのか、彼女にはわからない。しかしそれがなんであれ、彼女は永遠に感謝の気持ちをささげるだろう。

「二人で祝えると思ったんだが？」

リコのかすれた声に、〝前進〟を初めて祝ったときのことがよみがえる。二人の関係をすっかり変えたあのときのキス。彼も同じことを考えているのだろうか？　獲物をねらう猛獣のような目の輝きが、そのとおりだと言っていた。

「ええ」ジャンナはため息まじりに、夫の唇にささやいた。

リコは妻にしばらくの間キスを許した。なんというすばらしさだろう！　彼女はリコのつややかな黒髪に指先をくぐらせ、キスを深めていく。

　ついにリコは我慢できなくなり、片方の手でジャンナの胸を我が物顔に包み、妻の唇に向かってうなり声をあげた。

　夫の愛撫に、ジャンナは身をのけぞらせた。彼の回復ぶりと、この今までになく対等な愛し合い方が、彼女の体の隅々にまで新鮮な喜びをもたらしていた。ジャンナは片方の手でリコの首から鎖骨にかけて撫《な》で下ろし、指でその輪郭をなぞった。

　リコが身を震わせると、ジャンナは体に女性特有の力が満ちるのを感じた。自信を得て、彼女は今まで以上に大胆になった。姿勢を変えてリコの腿の上に乗り、燃えるように熱い彼の胸に両手を置いたのだ。ジャンナはこれを……リコに触れる自由を……長い間願い、求めてきた。一方のてのひらに彼の胸の高鳴りを、そしてもう一方にはささやかな胸の突起を感じた。

　ああ、彼のすべてに触れたい！

　ジャンナは両手を下へ下へと滑らせ、男性の体のミステリアスな部分にじりじりと進ませた。なんてすばらしい感触なの！　わたしは男性の一糸まとわぬ姿を見たことがない。どうしても見たい。リコの体を、夫の全身を！

　突然、リコの両手が手錠のようにジャンナの左右の手首をつかんだ。「だめだ」

　ジャンナがはっとしてまぶたを開くと、目の前に確固たる決意のこもったリコの瞳があった。

「あなたに触れたいの」それは懇願に近かった。

「僕が君を触れるほうがいい、僕の大事な人《テゾーロ》」

　いや、いや、いや！　平等でなくちゃ！　ジャンナは心の中で叫んだ。「お願いよ！」

　妻の悲痛な声を無視して、リコは彼女の唇に情熱的なキスをした。ジャンナは気が遠くなるほどの喜びを感じたが、頭のほんのわずかな部分では、リコの頑とした拒絶に抗議の声をあげていた。夫はわたしに触れられたくないんだわ、と。

その声が頭の中をぐるぐるとまわり、ついには、さらなる歓喜を夫に要求する本能的な叫びさえもかき消してしまった。

ジャンナは自分の唇をもぎ離した。「いや！」

リコが目を開けた。彼の顔にはジャンナに希望を持たせるようなめくるめく表情が浮かんでいた。

「どうして触れさせてくれないの？」

「僕が君を喜ばせるだけじゃいけないのかい？」くぐもった声でリコがきく。

ジャンナの心の中で、何かがはじけた。「そうよ」

「君の体は解放を求めて震えている。僕の愛撫が欲しくてたまらないんだ。それなのに、拒むのか？」

リコの目に、もはやめくるめくような表情はない。今あるのは狡猾《こうかつ》とも思える表情だ。こんな目はとても我慢できない。明らかに妻を求めていないのに、なぜ愛を交わそうとするの？　さまざまな理由が頭をよぎる。みんなろくでもないものばかりだ。

共通するのはすべて支配欲にかかわる点だ。リコはわたしを支配したいのだ。女を性のとりこにすることで、彼のプライドは復活する。それに、哀れみもある。わたしに愛されていることを、彼はよく知っているに違いない。実際に告白したこともある。つまり、同情から愛撫するのだ。わたしが喜んで彼の子どもを産もうとすることへの、報酬の意味もあるかもしれない。

報酬なんか欲しくない。わたしは愛されたいだけ。そう思うと涙があふれた。ジャンナはすすり泣きながらリコの腕から身を引き、ベッドを下りた。「自分だけの部屋が欲しいわ」

リコは平手打ちをくらったように動揺した。「なんだって？」

「これ以上あなたと同じベッドに寝たくないの」

リコがベッドカバーをはねのけた。「信じられない！　君は僕の妻だ。ここで寝る義務がある」

ジャンナは怒りのあまり身を震わせて言い返した。「あなたにとってわたしは孵《ふ》卵《らん》器にすぎない。妻じゃないわ！」

褐色の肌から血の気が失《う》せ、銀色の目に衝撃の色が浮かぶ。「違う！」

夫が差しだした手を無視し、ジャンナはバスルームに駆けこんで鍵《かぎ》をかけた。

どんという音がし、続いてイタリア語によるののしり声が聞こえ、さらに数秒後、ドアがたたかれた。

「出てくるんだ、ジャンナ」

「いやよ！」涙が頬を流れ落ちる。あのみじめなセックスをまた繰り返すのは耐えられなかった。

ジャンナの反抗に、リコは完全な沈黙で報いた。


しばらくして、彼はようやく口を開いた。「そこから出ておいで、テゾーロ。話し合おう」

「今は何も話したくないわ」

「お願いだ、ジャンナ」

ジャンナはドアを凝視した。まるでそれが突如として分解し、身を守るものが何もなくなるのを恐れるかのように。「こ、これ以上、あなたに触れられたくないの」彼女は泣きじゃくりながら言った。

「わかった。もう触れない」

「や、約束できる？」頭では過剰反応だと理解していたが、ジャンナは感情を抑えきれなかった。

「約束する」

ジャンナが鍵を外すなり、リコはドアを開けて枠にもたれた。彼の表情はジャンナと同じく苦しげで、引き結んだ唇に緊張の白い線が浮かびあがっている。

「僕はレイプ魔じゃない」

激しい失望に苦痛をいっそうふくらませながら、

ジャンナは夫を見つめた。「わかってるわ」
「だったら、ベッドにおいで、僕の奥さん《モリエ・ミーア》」
僕の奥さん？　わたしがこの人の妻？　つまり、単なる子どもをつくる機械ということ？　そう思った瞬間、すべてがどうでもよくなった。これ以上闘うには疲れすぎていた。ジャンナは黙ってベッドにもぐりこんだ。

リコも断固たる表情を浮かべ、用心深く妻に続いた。ジャンナは遅ればせながら気づいた。さっき聞こえた、あのどんという音は、リコがベッドから落ちた音だったんだわ、と。ジャンナは申し訳ない気分でいっぱいになった。それと同時に、事故後初めて自力で歩いている夫を目の当たりにし、夢のようでもあった。そのうれしさが、彼に拒絶されたつらさをいくらかやわらげた。

リコがようやくベッドによじ登り、妻の隣に体を滑りこませた。ジャンナは明かりを消した。

「ジャンナ……」
「今は話したくないの」
「君に言っておくことが――」
「いいえ、言うべきことは何もないわ。お願いだから、もう寝かせてちょうだい」ジャンナがまた泣きだすと、リコは静かに悪態をつき、彼女を抱き寄せた。

ジャンナがわずかに抵抗しても、リコはただ腕の力を強めただけだった。彼は妻の髪を撫で、英語とイタリア語のまじった慰めの言葉をささやいた。

やがてジャンナが泣きやむと、リコはまた話し合いを試みた。しかし彼女は、かまわないで、と懇願した。なぜ自分が夫と完全な夫婦関係を築くのにふさわしくないのか、きかずにすませるためなら、なんでもしただろう。たとえ機能に不安があるとしても、妻とのセックスを望むなら、試したいと思うはずだ。そして、妻の協力を願うのでは？

懇願に対してリコが返したのは深いため息だけだった。だが、温かくたくましい腕はひと晩じゅう妻を抱き続けた。

翌朝、リコより早く目を覚ましたジャンナは、前夜の芝居じみた行為を思い起こし、恥ずかしさがこみあげた。リコは話をしたがっていたのに、わたしは拒否した。なんてばかげたことを！　でも、拒否されても、彼はひと晩じゅうわたしを抱き、慰めてくれた。わたしは彼を愛している。でもゆうべは、愛の行為をしなかった。でもたぶん、今日は違う。

ジャンナは彼のぬくもりを吸いこみ、数分間、彼に大事にされているという贅沢《ぜいたく》な感覚を楽しんでから、ベッドをそっと出た。

十五分後、人工授精の可能時期を調べるため、毎日の検査数値を眺め、ジャンナは苦笑した。少なくともこれが、昨夜の無分別の理由の一部だったのだ。

背後で音がした。リコが来たらしい。ジャンナはガウンの襟をかき合わせて振り向き、戸口に立つ夫と向かい合った。シルクのトランクスに隠された部分以外は、百九十センチの長身を惜しげもなくさらしている。愛らしく跳ねた髪、うっすらと顎を覆う髭《ひげ》。周囲には危険な雰囲気が漂っていた。

リコが妻の目を見つめながら言った。「僕たちには話し合いが必要だ」

ジャンナはうなずき、喉をごくりと鳴らした。「ええ、そうね。でも今は、二人ですることがあるのよ。

「体温が治療に最適になったわ」

リコの目に炎が揺らめいた。「今、なんと言った？」

「クリニックに連絡し、今日の予約をしなければ」

「今日？」

「ええ」

心の中で何かと闘っているかのように、リコは目を閉じた。

「気が変わったの？」

「わからない……」

ジャンナは信じられなかった。「わたしの気持ちはまったく重要じゃないの？」

リコはひどく怖い顔をした。「もちろん、重要だとも、テゾーロ」

「わたしは試したいわ」

リコは顎を引いて、いいよ、というように、わずかに顔を上下させた。

ジャンナはベッド脇《わき》の電話で医師に連絡をとった。話を終えて夫のほうを向いたとき、彼女は気後れがして体がかすかに震えるのを感じた。「すぐに来院してくださいですって。何も食べないほうがいいそうよ」

「僕は十五分ほどで出発できる」

「一緒に来るの？」夫が付き添うとはジャンナは思ってもいなかった。リコは精子採取の治療をひとりで受けてきた。ジャンナも当然ひとりで行くものと思っていた。

「もちろんだ」

「その必要はないわ」

「大ありだ」

「病院では、わたしに何かを注入するんですって」空色の豪華な絨毯《じゅうたん》を見つめたまま、ジャンナは言った。

「恥ずかしいのかい？」

リコにもやっとわかったようね。「ええ」

「僕の目は君の美しい顔に釘《くぎ》づけだろうよ」

ジャンナは絨毯から目を上げた。「わたしは美しくないわ」

「僕が今までつき合った女性の中で、君はいちばん美しい」

「まさか！」

「いや、本気でそう思う。だが、君が信じてくれるとは思っていない」

信じたい。ああ、どんなに信じたいか！「リコ……」

「一緒に行ってもいいかい？」

「わたしにそれが止められるの？」

「まあ、その可能性はなさそうだな」リコは弁解がましく言った。まるで、自分自身の考えがあり、最後までそれに従うつもりであることを申し訳なく思うかのように。

恥ずかしさを別にすれば、彼がそばにいてくれるのは心強い。ジャンナは心を決めた。「いいわ。一緒に来てちょうだい」

10

ジャンナはクリニックに行く途中、治療の一時間前に服用するように言われていた鎮痛剤をのみ忘れたことに気づいた。そこで、ハンドバッグから市販の鎮痛剤を取りだし、急いで二錠のんだ。使用説明書には一回一錠とあるから、処方薬ほど強くなくても、二錠のめばなんとかなるだろう。

病院に着いてジャンナが患者用の衣類に着替える間、リコは待合室で待つよう指示された。

着替えがすむと、ジャンナは脈拍、体温、血圧を測定された。そして、尋ねられるままにけさの測定値を看護師に教えた。そのあと、看護師がリコを診察室に呼び入れた。

リコが入ってくるのを目で追いながら、看護師はジャンナに確かめた。「鎮痛剤はのみましたね？」

ジャンナは申し訳なさそうに顔を赤らめ、首を横に振った。「でも、ここに来る途中、市販の生理痛用の鎮痛剤を倍量のみました」

中年の看護師は温かい笑みを浮かべ、慰めるようにジャンナの肩を軽くたたいた。「まあいいでしょう」

そばにいたリコの顔に緊張の色が走った。「鎮痛剤？　そんな話は初耳だ。この治療は無痛だと思っていた。どうなっているんだ？」

ジャンナは夫の腕を取った。「単なる予防措置よ。何も心配することはないわ。ドクターと相談して決めたの」

「確かなのかい？　処方薬をのまなかったのなら、治療の延期を考えるべきかもしれないな」

「いいえ」ジャンナは大きく息を吸った。「わたしは治療を受けたいわ」

リコは看護師のほうを向いた。「処方されたものを今のんだほうがいいんじゃないだろうか？　ここにも同じものがあると思うんだが？」

看護師は首をかしげた。「ありますが、二種類の薬を一緒にのむのはよくないと思いますよ。害のない鎮痛剤もあるでしょうが……」

ジャンナには看護師の言いたいことがわかり、夫のもう一方の手を取った。「わたしは大丈夫よ、リコ。お願いだから、そんなに大げさに考えないで」

二十分後、ジャンナは配管の留め具のようにリコの手をしっかりと握りしめ、軽々しく請け合ったことを後悔していた。子宮にカテーテルを挿入するのは思ったほどつらくはなかったが、今は激痛が走り、下半身全体に広がっている。目に涙を浮かべ、ジャンナはいっそう強くリコの手を握りしめた。

彼の目には、拷問台にのせられ、責め苦を受けているジャンナ自身の姿が映っていた。最初に痛みの兆候が現れたとき、リコは治療をやめさせようとした。だが、ジャンナは断った。すると、彼は自分自身の力を分け与えるかのように妻の手を握りしめた。子どもを産もうとする女にとって、男性から期待できるのはわずかな応援だけだ。肉体的な苦しみの最《さ》中《なか》にあっても、ジャンナは彼の献身的な付き添いに喜びを感じた。

「もうすぐ終わるんでしょうね？」もし相手が違うと言ったら飛びかかりかねない勢いで、リコは医師にきいた。

「ええ、すぐに終わります」

医師は約束を守り、数分ですべての処置を終えて、一時間このままでいるようにと告げた。激しい痛みはおさまっていなかったが、ジャンナは何も言わなかった。

しかし、リコはわかっていたようで、無言で妻の手を握り、円を描くようにおなかを優しくさすった。彼のなだめるような行為が始まって数十秒たったころには、腹痛が続いていたにもかかわらず、ジャンナはいつの間にかまどろんでいた。

「着替えてもいいですよ」

病室に戻ってきた看護師に言われ、ジャンナははっと目を覚ました。リコはまだおなかをさすってくれていた。いつもは恥ずかしがるのに、このときばかりはためらうそぶりを見せず、ジャンナはリコの目の前で着替えた。彼がそばにいてくれれば、とても心強いことがわかった以上、それを放棄するつもりはなかった。

「いくらか気分がよくなったかい？」幼い子どもの着替えを手伝うように妻に手を貸しながらリコがきいた。

「ええ。この次は処方された鎮痛剤を忘れずにのむわ。本当よ」

「次はない」

声の調子から、ジャンナはリコが本気だと悟った。

あなたの赤ちゃんが欲しい。彼女はそう反論しようとしたが、目の前がぼやけ、ジェットコースターに乗っているように目がまわる。ジャンナは夫に向かって手を伸ばした。そして彼の体に届いたとたん、膝から崩れ落ちた。

ジャンナが目覚めたのは、病院のベッドの上だった。

「リコ?」

ささやくような声だったのに、医師との話を中断してリコがさっと振り向いた。

「気分はどう?　まだ痛むかい?」

「少しだけ。それより、なんだか頭がぼうっとしているの」

「ご主人にも申しあげましたが、たぶん空腹のせいですよ。血糖値を上げるために、帰宅する前にジュースを持ってこさせましょう」医師が言った。

まもなく看護師がりんごジュースを持ってきた。リコがそれを受け取り、ジャンナを抱き起こして飲ませた。

「あなたはすばらしい父親になるわ」

リコは悲しげに眉を寄せた。「今日みたいなことを繰り返さなければならないのなら、僕は父親にはなれない」

子どもが産めなくても、あなたはまだわたしを必要としてくれるの?　ジャンナは心の中で尋ねた。その問いに対する答えを、彼は行動によって示した。

リコは屋敷に着くなり、ベッドに入るよう主張した。妊娠の可能性を高めるために、今日一日横になっていなければならないことは理解していたが、ジャンナは居間のソファで休んでいようと思っていた。寝室に閉じこもる気はなかった。

「ベッドでじっとしていたくないの。居間でもゆっくり横になれるわ」ナイトドレスを頭からかぶせようとするリコに、ジャンナは抗議した。

「痛みがあるんだ。ベッドで休んだほうがいい」

「いや」

リコはほほ笑んだ。今日初めて見る晴れやかな表情だ。「反抗期の子どもみたいだな」

「だから子どもみたいに扱えるなんて、考え違いしないでね。わたしは階下《した》に行きたいの」

「いや、だめだ」

「あなたならどう？　一日じゅう寝室に閉じこめられ、退屈したい？」

リコがいぶかしげに眉を上げたので、ジャンナはにらみつけた。

「あなたが入院していたのは、もちろん知ってるわ。でも、あなたは働いていた。個人秘書をはべらせて。わたしも見舞ったし、アンドレも見舞ったわ。あのいやな西洋の魔女さえも！」

「キアラに電話をし、君を見舞うように言ってほしいのかい？　今ミラノにいるそうだ」

いったい誰から聞いたのかしら？　リコのほうから彼女の所在を尋ねたのだろうか？　夫が元フィアンセの動向をまだ気にしているらしいと思うと、ジャンナはよけい腹が立ってきた。彼女はベッドに身を投げだし、必要以上の力でたたいて枕《まくら》をふくらませて背中に当てた。「わたしがこの世で最も一緒に過ごしたくない人は、あなたの元フィアンセよ」

「僕はどう？　僕の入院中、君はずっと付き添ってくれた」

「でも、あなたは仕事に戻るんでしょう」彼は最近、銀行もしくはディリナルド産業の本社で一日のほとんどを過ごし、夜以外、めったに姿を見せない。

「あんな試練を受けたばかりの君を、ひとりでほうってはおけない」

「ありがとう」

「礼なんかいい。さて、食事を頼もうか」

ジャンナがうなずくと、リコは内線のスイッチを押し、二人のために遅めの朝食を注文してから、ベッドのそばに椅子を引き寄せた。

それを見てジャンナはさっとベッドの中央に体を滑らせ、夫のためにスペースをつくった。「ここに座ったら？」

「それはたぶん、あまりいい考えじゃない」

「どうして？」

「ベッドの上で隣り合って座ると、僕の頭は今の君には容認できない方向に働きはじめるからね」

からかっているのだと思い、ジャンナも同じように答えた。「あなたなら、きっと抑えられるわ」

「男の頭の仕組みを知らないから、そんなふうに言えるんだ」ひどく真剣な声でそう言いつつも、リコは結局ジャンナの隣に座り、照明スタンドが置かれた小さなテーブルにステッキを立てかけた。「気分はどう？」

「おなかがすいたわ」

リコはほほ笑んだ。「僕もだ」

「あなたは食べてもよかったのに」

「君が食べないときは、僕も食べない」

「それって、一種のマッチョ的な考え方かしら？」

リコはジャンナの下唇を軽く指でなぞった。「リコ・ディリナルド的考え方だ」

「あなたはかなり特殊な人ね」

「ひどく特殊だ。だから、自分のかかえている恐怖をきちんと直視せず、妻に苦しい不妊治療を受けさせたりする」

「よくわからないわ、いとしいあなた《カーロ》。どんな恐怖なの？」

リコは顔を上げた。「君は決して僕を〝カーロ〟と呼ばなかった。アンドレにはよくそう呼びかけているのに、僕のことはいつも名前で呼ぶ」

　まるで、足もともろくに見えない、朝靄《もや》に包まれた森の中を歩いている気がする、とジャンナは思った。そして、倒れた丸太につまずくのはいやなのに、無理やり前進せよと迫られている感じだ。「名前で呼ばれるのは嫌いなの？」

「ああ」

　痛ましいほど正直で、無防備なリコ。彼みたいな男性にとって、こんなことを認めるのは人の何倍も難しいだろうに。「アンドレだと、愛情表現の呼び名が自然に出るの。それに特別な意味がこもらないから。でも、あなただと、意味がありすぎるのよ」

「だから〝カーロ〟と呼ばないのかい？」

「わたしにとって、あなたの名前は愛情表現の呼び名みたいなものなの」

　リコは妻の手を持ちあげ、てのひらの真ん中にキスをした。そのとき、朝食の到着を告げる声がかかり、二人は会話を中断した。

　朝食をすませると、ジャンナは大きなあくびをした。「疲れる理由がわからないわ。疲れるはずないのに。マラソンを走ったわけじゃなし……」

「君には過酷な時間だった」

「今はだいぶ気分がよくなったわ」

　リコは胸中を探るかのように、しばらく妻を見つめてから、何も言わずに立ちあがり、トレイを廊下に置きに行った。そして、見るだけで胸が痛くなるような、重苦しい顔をして戻ってきた。

　彼はベッドには座らず、窓辺に立った。見ると、関節が白く浮きあがるほどステッキを握りしめている。「君と結婚したとき、もう一度歩けるようになる自信はなかった」

　ジャンナも知っていた。深い心の奥で。そして、もし彼が回復を完全に信じていたら、自分みたいな平凡な女とは決して結婚しなかったに違いない、と確信していた。

「だが君は僕を信じた。僕にはそれが必要だった。君のために何が最善かは考えなかった。恥ずかしいよ」

「あなたは怖かったのよ」

リコは肩をこわばらせたものの、否定はしなかった。「たぶん」

「わかるわ」

リコはさっと振り向いてジャンナと視線を合わせた。苦悩に顔が曇っている。「わかるだって？　僕にもわからないのに、どうして君にわかるんだ？　僕は身勝手だった。君の幸せを考えず、自分のことばかり考えていた」

このうえなく優しかったリコの愛の手ほどきを思い出し、ジャンナはかぶりを振った。「信じられないわ」

「たぶん君の指摘したとおりだ。君にとっては、僕と結婚してベッドを共にできれば充分なのだ。僕は傲慢《ごうまん》にもそう思っていた」

ジャンナも同じように思っていた。確かに、もうひとつの道……彼のいない人生よりはましだったのだから。「プロポーズに含まれるのはそれだけだと知りながら、わたしは受け入れたわ」

「僕を愛しているからだ。それなのに僕は、自分の欲しいもの、自分に必要なものを手に入れるために、恥知らずにも君の愛を利用した」

「相手が進んで与えた愛を、利用するのは不可能よ」

「進んで与えた愛？」

ジャンナはリコの目をしっかりと見つめ返した。プライドを守るために一般論でごまかすのはもう終わりにしなくては。「ええ」

「僕が誘惑して結婚を受け入れさせたときも、バージンを奪って婚姻無効を申し立てる機会をつぶしたときも、そう言えるんだね？」

「わたしはあなたと愛し合いたかった。あなたが与えてくれる快感がわたしは大好きなの」

「それが本当なら、ゆうべはなぜ拒んだ？」

「あなたがわたしに触れさせてくれなかったからよ」

「怖かったんだ」

「なぜ？」

「男としての役目を果たせるかどうかわからないからだ」

「あなたをその気にさせるだけの魅力が、わたしにはないと心配しているわけ？」

「まさか！　なぜそんなふうに思うんだ？」

「あなたが言ったわ……」

「男としての役目が果たせるかどうかわからないと言っただけだ。君の体の美しさや魅力についてはひと言も口にしていない」

「でもわたしが、好みのタイプだったら、その気になりやすかったんじゃない？」

　自分では筋の通った話だとジャンナは思った。ところがリコは、頭がおかしくなったのかと言わんばかりに、妻をにらみつけた。

「君が僕のタイプなんだ」

　ジャンナは目を閉じた。彼の目の中にあるに違いない哀れみを見たくなかった。「無理にそんなこと言わなくてもいいのよ」

　リコがベッドに座り、彼女の顔の輪郭をなぞる。

「僕が嘘《うそ》をついたことがあったかい？」

　ジャンナは目をしっかり閉じたまま、首を横に振った。

「では僕が、今までつき合った女性の中で君がいちばんセクシーだと言えば、信じるね？」

　もはやジャンナは目を閉じていられなかった。目を開けると、夫はおかしそうに優しい笑みを浮かべていた。「リコ……わたし……」

「君ほど、自分が男であることを感じさせてくれる女性と愛し合ったことはない」

「でもあなたは――」

「男としての役目を果たせるかどうかわからなかった、と言った。だが、君と愛し合っていると、自分自身の肉体的充足感がなくても、君の反応に喜びを感じるんだ」

　ジャンナは、軽々しくそんなことを言うのはやめてほしいと心の隅では思いながらも、それが本心であることを望む気持ちのほうが大きかった。

「今までに……そういうことは……つまり……」

　リコはかすれた声で笑った。「肉体的に僕が君に反応したことがあったかときいているのなら、答えはイエスだ。最初君に触れたときは何も起こらず、心配した。だが、感覚が戻ったら、その能力も戻ると思っていた」

　ジャンナも当然そう思っていた。「だめだったの？」

「わからない」

　苦しげな表情を浮かべ、リコは両手でジャンナの顔を包んだ。「リコ・ディリナルドともあろう者が、答えを突きつけられるのを恐れ、君にあんなつらい思いをさせてしまった」

　しかし、痛みが伴うかもしれないことを、リコは知らなかった。知れば不妊治療をやめさせるに決まっているから、ジャンナはあえて言わなかったのだ。

「あなたのせいじゃないわ」

　リコはかぶりを振った。

「反応があったと言ったわね？」

「ああ。君に触れると、何度も興奮を感じた。だが、ゆうべほど興奮したことはない」

「でもわたしが触れるのを止めたわ」

「ああ」

「どうして？」

「もし興奮を持続できなかったら、もしクライマックスまで行けなかったら……」

声がとぎれても、ジャンナには夫が何を言いたいのかわかった。「わたし、あなたのためなら、どんなことでもするわ」

「わかってるさ。今日、君はそれを証明した。君が倒れたことや、治療中に流した涙を、僕は決して忘れない」

「あなたが悪いんじゃないわ。最初の日、先生から言われていたの。痛みが長引く人もいるって。でもあなたには言わなかった。正直な話、わたしはその中に入らないと思っていたし、あなたの赤ちゃんがとても欲しかったから」

「僕が臆病《おくびょう》な自分ときちんと向かい合っていれば、おそらく君は、その犠牲を払わずにすんだだろう」

ジャンナは手を差し伸べ、彼の顔を自分のほうに向けた。全世界とその住人に対する責任をすべて自分の双肩に引き受けようとするのは、実にリコらしい。「あなたが臆病なものですか。障害に立ち向かい、闘ったじゃないの！」

「だが恐怖を直視せず、君にその代償を払わせた」

信じられないことに、リコの目が涙に光っていた。ジャンナはこれ以上耐えられなかった。妊娠に必要なだけ横になっていたかどうか、心配するのはもうやめよう。ジャンナは意を決して上体を起こし、リコの首を抱いた。「いいえ、リコ、そうじゃないわ。わたしはあなたの子どもを身ごもりたかった。どんな方法でもかまわなかったわ。あなたの坊や《バンビーノ》が欲しくて仕方ないんですもの」

リコは祝福するように、妻に限りなく優しいキスをした。「気分はどう？」

「よくなったわ」

「もう痛みはないんだね？」

「ええ」

「それなら、けさ感じたよりは楽しく赤ん坊をつくれるかどうか、試すべきだろうな。どう思う？」

「ほんとに試したいの？」

「もちろんさ、ベッラ・アモーレ・ミーオ」

〝僕の美しい恋人〟これが彼の本心であってほしい、とジャンナは祈った。今、彼の目に浮かぶ優しさも、失敗を恐れない勇気も、すべてわたしに向けられている。それで充分だわ。

11

リコの顔が近づいてきて、二人の唇がかすかに触れ合った。一度。二度。そして三度目、ジャンナはじらす夫に抗議するかのようにすすり泣いた。

「リコ、お願い」優しい愛撫《あいぶ》はいらない。それ以上のものが必要なの。あなたのすべて、あなたの情熱のすべてが欲しい。

「しいっ……僕の大事な人《テゾーロ》」リコは彼女の耳たぶの内側にキスをした。「これで完璧《かんぺき》だ」リコの声と舌先のセクシーな感触に、期待と喜びのおののきが体の隅々に行き渡っていく。

ジャンナの唇からくぐもったあえぎがもれると、リコはようやくしっかりと唇を重ねた。そそるようなキス。彼女は思わずうめき、彼の首に巻きつけた腕に力をこめた。

そのとき、ジャンナは思い出した。今日は彼に触れてもいいことを。今日はこれまでと違うと固く信じて、ジャンナは唇を離した。

「服を脱いで、リコ」

リコはすべての動きを止め、目を閉じた。心の中で相反する考えが荒れ狂っているらしい。ジャンナは自分の性急さを悔やんだ。最初はただ触れるだけにし、間をおいてから頼むべきだったかしら、と。

生々しい傷口をさらけだすような彼の表情がジャンナの心をえぐる。さっきの要求はなかったことにし、またキスに戻ってちょうだい。そう言おうとした瞬間、リコがジャンナの手を首からそっと外し、立ちあがった。

「いやならいいのよ……」

リコは誇り高い顔を左右に振った。「脱ぎたいんだ。君には脱がせる権利があり、僕には脱ぐ権利がある。男が自分の恋人を所有できる最も素朴な方法で、僕は君を自分のものにしたい」

ジャンナは〝自分の恋人〟という表現がうれしかった。その言葉は、完全主義の彼がしがみついていた〝ためにする結婚〟ではなく、〝確かな愛に満ちた結婚〟を暗示していた。

リコがスーツの上着を脱いだことで、ジャンナは体内のあらゆるものが極度の警戒態勢に入ったように感じた。周囲の空気の動きまで、これから起こることへの期待を高める前兆となった。

長く、浅黒く、たくましい指がネクタイを緩め、それを引き抜くさまを、ジャンナはどきどきしながら見守った。柄物のシルクのネクタイがさらさらと音をたてて絨毯《じゅうたん》に落ちる。次は黒いボタンだ。最初は袖《そで》口、それから前へ……。じらすように少しずつ素肌をさらしながら、ボタンがひとつずつ外されていく。やがて白いシルクのシャツの前が大きく開き、弾むような胸の筋肉があらわになった。

　リコは広い肩からシャツを抜き取り、間をおかずにズボンを脱ぎはじめた。

　ジャンナは息をこらして待っていた。床に落ちたシャツの傍らにズボンが落ちるのとほぼ同時に、リコは靴を脱ぎ捨てた。それから、我を忘れて見守るジャンナの顔を見つめたまま、彼はズボンから足を引き抜き、妻の前に立った。

なんて堂々として男らしいのかしら！　ジャンナは驚嘆した。

　もはや身に着けているのはトランクスだけだ。その上端にリコの両手の親指がかかった。そして腿まで下ろしたとき、ジャンナは止めていた息を吐きだした。そして、男性の体の中で最も人目に触れにくい部分を目の当たりにして、なんとも言いようのない声をもらした。

「それって、もっと大きくなるの？」情けないことに、ジャンナは鼠《ねずみ》の鳴き声のような声しか出せなかった。

　リコは思わず笑った。

　ジャンナは僕が性的に完全に回復し、これ以上に興奮の度合が高まるのが怖いらしい。彼女の表情から見て、僕を性的に不完全な男とは考えていない。それどころか、すばらしい情熱の持ち主だと思っている。リコは衝動が高まるのを感じ、恐怖に震えるジャンナをうっとりと眺めた。こんなに怖がるなんて、まったくかわいい娘《こ》だ！

「君の体は僕を受け入れるようにつくられている」

「断言できる？　ひょっとしたらわたし、失敗作かもしれないわ。あなたの指だけでいっぱいになった気がしたもの」

　今度笑ったら、無神経というものだ。わかってはいたが、ジャンナの言葉に引き起こされたおかしさと安堵《あんど》を抑えるために、リコはありったけの自制心をかき集めなくてはならなかった。

「大丈夫、僕を信じるんだ」

ジャンナはごくりと喉を鳴らし、狙撃《そげき》者と向かい合う覚悟を固めるかのごとく、小さな肩をいからせた。「わかったわ」

リコはかすかな足音をたててゆっくりとベッドに近づいた。バランス感覚はかなり戻っていたが、転ぶ危険を冒す気はなかった。近づくにつれ、ジャンナが不安げに目を見開き、背後にある枕《まくら》に向かって退却していくように見える。両脚がベッドの端にぶつかったとき、リコは立ち止まった。

「僕に触れたいかい?」

リコにとっては勇気のいる質問だった。すでに肉体的に反応してはいるが、かつてのように完全な反応は享受できないかもしれないという恐れがリコを苦しめていた。妻に愛撫されても中途半端なままか、もっと情けないことに、今の高ぶりも失ってしまうかもしれない。そうなったら、男としてのプライドはずたずたに引き裂かれるだろう。

だが、自分が臆病《おくびょう》だったばかりに不妊治療を受ける羽目になり、その痛みに耐えるジャンナを見て、リコは思い知らされた。妻のために完全な夫になるにはその危険を冒すしかない、と。

ジャンナはまだ質問に答えず、凍りついたように、リコの高まりを見つめていたが、ほどなくまつげを伏せ、身を震わせながら答えた。「ええ」

あまりに声が小さく、リコはもう少しで聞きもらすところだった。

「ほかの場所から始めたら、やりやすいかもしれないよ」

リコはジャンナを引き寄せ、巨大なベッドの上にひざまずかせた。それから彼女の両手を胸に導く。

肌が触れ合った瞬間、二人はびくっと震えた。

ジャンナは彼の上にかがみ、探求心旺盛な唇をすばやく這《は》わせて、夫の肌を味わった。

リコはうめいた。「もう一度」

ジャンナは躊躇《ちゅうちょ》なく従い、今度は鋭い小さな歯で軽く噛《か》んだ。やがて両手が動きだした。昨夜と同じように。だが、今日はリコも止めない。彼女は猫のように爪を立て、彼の胸の小さな先端を中心に円を描《か》いた。

リコはついに耐えきれなくなり、妻のナイトドレスを頭から脱がせた。そして彼女を抱き寄せ、たくましい体を柔らかな肌に押しつけた。二人は身動きもせず、荒い息をしながら、肌と肌の触れ合う興奮に耐えた。リコは己の高まりが妻の下腹部のなめらかな肌を圧迫していることに気づいた。僕は大丈夫だ。その思いが五感にあふれ、興奮が全身を走り抜けていく。

ああ、神さま！　リコはどんどん力強さを増している。目の前のたくましい筋肉の壁に指を食いこませ、ジャンナは彼の胸に頬を寄せた。彼に触れたいとずっと願ってきた。待ちに待ったそのときが訪れたというのに、怖くてたまらない。失敗したらどうしよう。不器用で不慣れな愛撫で、彼を落胆させてしまったらどうしよう。

そのときリコが、ジャンナから主導権を奪い取った。彼は片手で妻の両手を包み、自分の体の上を滑らせ、下腹部まで導いた。

まあ、こんなになめらかで、しかも弾力があるなんて。ジャンナは驚きながら彼の引き締まった腹部に指を押しつけた。リコの大きな体が震える。それで彼女は自信を持てた。

リコはさらに妻の手を高まりへといざなった。

「触れてごらん。ほら、ここだよ」

ジャンナは指をからめ、鋼のようにたくましいにもかかわらず、ビロードのような手ざわりに、畏怖《いふ》の念を覚えた。おそるおそる愛撫すると、リコが喉の奥からかすれた声をあげた。彼女の胸に喜びがこみあげる。これなら彼をがっかりさせることはなさそうだわ、と彼女はほっとした。

リコはジャンナの手に自分の手を重ね、さらにきつく指をからませて、男に喜びを与えるリズムと力の入れ方を教えた。

彼が手を離してもジャンナは愛撫を続けた。恍惚《こうこつ》の表情、赤くほてった肌、たくましい胸の先の硬い先端、すべてが彼が最高の興奮状態にあることを示している。これほどの興奮を彼から導きだせるとは、彼女は夢にも思わなかった。

「わたしの愛撫が欲しいのね」驚きつつ、ジャンナはきいた。

リコは潤んだ銀色の目を開き、ジャンナを見下ろした。「欲しいよ、とても」

ジャンナの目から涙があふれた。「違うと思っていたわ」

彼は体を引いてジャンナをベッドに横たえたあと、彼女の脚を開かせてその間に我が身を置いた。「君が欲しくてたまらない」

「でも――」

リコは指を当て、ジャンナの口を封じた。「言葉はいらない。ひたすら感じればいい」

ジャンナは彼の言葉に従った。彼はジャンナの体を余すところなく愛撫した。最初は手、それから口を使って。彼が女性の秘めやかな部分に唇をうずめたとき、ジャンナは鋭い叫びをあげた。

「だめよ、リコ！　だってわたし……あなた……」

意味をなさない言葉は、すぐさまめくるめく歓喜のうめきに変わった。

口による愛撫は、ほとんど一瞬のうちに、ジャンナを宇宙の彼方《かなた》へとほうりだした。歓喜の奔流が体の中で炸裂《さくれつ》したとき、ジャンナは夫の名を呼び、あまりの快感に苦悶《くもん》した。だが、リコは愛撫をやめない。まもなく彼のあのずるがしこい舌が、またもやジャンナを忘我の境地へと送りこんだ。

次々と押しよせる歓喜の波は、やがてひとつになって長くとどまった。ジャンナはリコの愛撫に応《こた》えて体じゅうの筋肉を張りつめさせ、身を反らした。

だが今の彼女はそれ以上の喜びがあることを知っている。どうしてもそれが欲しい、どうしても必要なの。ジャンナはかすれた叫び声をあげてリコに迫った。夫がくれる快感に我を忘れていなかったら、恥ずかしさにいたたまれなかったことだろう。リコが彼女の体の上に戻ったころには、全身が欲望にわなないていた。

「あなたが欲しい」

「見ればわかる」

彼の声にひそむ独りよがりの満足感にいらだつべきだったのに、今の彼女にそんな余裕はなかった。

リコが少しだけ中に入ったきたのだ。

「いよいよだよ」リコは妻を見下ろしてほほ笑んだが、楽しんでいる様子はない。それは小動物をねらう猛獣の笑い、この女は完全に自分のものだと確信した男の野性の笑みだ。「君は僕のものだ、ジャンナ。永遠に」

ぎらぎら燃える彼の目にじっと見つめられ、ジャンナは声もなくうなずいた。信じられないことに、いつの間にか身体の内部が広がり、リコをしっかりと受け入れていた。

想像していたよりずっとすばらしい。精神的にも、今まで経験してきたものとは比較にならない。泣いている自分に気づいたのは、リコが目尻からこめかみに流れ落ちる涙を唇ですくってくれたときだった。

「痛いのかい？」リコが震える声できいた。

「いいえ」それ以上の言葉が出ず、ジャンナは懸命にかぶりを振った。だが、リコはわかってくれたらしい。体を動かしはじめたのがその証拠だ。少しして彼は我が身をそっと引くと、ジャンナはそれまでの完全な一体感を求め、無我夢中で彼の腰をつかんだ。

　リコは途中でやめたわけではなかった。再び彼女の中に分け入り、リズムを刻みはじめたかと思うと、弾むような激しい動きに変わった。

　めくるめく快感が体内にほとばしる。ジャンナは思わず夫の名を叫んだ。この世にこれ以上の快感があるだろうか？　ジャンナにはわからなかった。しかし、あったのだ。限りなく激しいさらなる快感が。ジャンナはのけぞってリコに密着し、彼の動き、彼の猛々《たけだけ》しさに果敢に加わった。

　それもつかの間、ジャンナを取り巻く世界が爆発した。目の前が真っ暗になり、ジャンナは気を失いかけた。誰かの叫び声が頭の中でこだまする。ジャンナはぼんやりと気づいた。この声はわたし自身の声なんだわ、と。やがて、もうひとつの叫びが耳に届いた。男と女が紡ぐ最高の喜びに、リコが合流したのだ。体内で信じられないほどの歓喜の彼が途方もなく大きくなっていった。

　リコの体から徐々に緊張が解け、やがて彼はジャンナの上にゆっくりと重なった。ジャンナは手と脚をからませ、あふれんばかりの喜びで彼を抱きしめた。

「あなたはすばらしい恋人よ、いとしい人《カーロ》」

　突然リコがうなり声をあげ、身を起こしてジャンナの顔じゅうにキスの雨を降らせはじめた。キスの合間に、感謝の言葉と惜しみない賛辞がちりばめられる。すべてが現実とは思えない。リコが言う。愛し合ってくれてありがとう。さらに言う。全人類の女性の中で、君がいちばん美しい。そしてまた、熱意をこめてキスをした。

　リコはジャンナを抱いたまま仰向けに転がった。

リコはまだ彼女の中にいた。ジャンナは夫の胸に頭を預け、不思議な気持ちで荒々しい鼓動に耳を傾けた。

「ありがとう《グラッツィエ》、僕の愛する人《アモーレ・ミーオ》」

ジャンナはいとしい夫の胸に顔をうずめてほほ笑んだ。「ありがとう《グラッツィエ》、わたしの愛する人《アモーレ・ミーオ》」

「君のおかげで完全な体に戻れた」

「愛しているわ」

「君といれば、安心だ。男は自分を愛してくれる女性に弱い」

夫がもっと深く入れるように、ジャンナは両手をついて上半身を浮かせ、夫の満足げな顔をのぞきこんだ。「うれしいわ」短い言葉に心をこめて言う。

「僕ほどじゃないと思うよ」そして信じられないことに、彼の喜びの新たな証拠がジャンナの体内で再びその存在を主張しはじめていた。

ジャンナは息をのんだ。「リコ？」

「なんだい？」

「いったい……」だが、ジャンナが頭の中で質問を組み立てている最中でさえ、リコの体は彼女にその答えを与えようとして勢いを増し、震えるジャンナの体を新たな発見の旅へといざなった。

リコが二人そろって絶頂に達する秘訣《ひけつ》を教えてくれたとき、ジャンナは思った。わたしが彼と同じ程度にセックスに参加することを、この人は本気で望んでいるんだわ、と。そしてそれが彼女の最後のまともな考えとなり、再び夫の手で宇宙の果てへと運ばれていった。

夫に唇でこめかみを優しく愛撫され、ジャンナは目を覚ました。目を閉じたままほほ笑むと、すぐ近くでかすれた笑い声があがった。

「おはよう《ブォン・ジョルノ》、テゾーロ。目を開けておくれ」

目を開けたジャンナは、体の奥底から喜びがわきあがるのを感じた。「おはよう、リコ」昨夜愛し合ったあと、二人の親密度は飛躍的に増した。ジャンナは安心して彼の首に手をまわし、唇を求めて顔を近づけた。

リコもうれしそうにキスを返した。そして、ジャンナをたくましい胸にかきいだき、キスを深めた。その直後、リコがうめきながら不意に体を引いた。

理由がわからず、ジャンナは夫を見あげた。

「出かけなければならない。午前中に会議があるんだ。できればキャンセルしたいが……」

そのときになって、ジャンナはようやく気づいた。彼のしわひとつないスーツ、落ち着いた柄のネクタイ、きれいに手入れした髪、髭を剃ったばかりのすっきりした顎に。だが、目は飢えたようにぎらぎらと輝いている。やはり夫はしぶしぶ出かけるらしい。

「たぶん君にとっては、僕が出かけたほうがいいんだろうね？」

「出かけてほしくないわ」

「できるだけ早く帰ってくる」

今までふくれっ面などしたことがなかったジャンナは、今自分が唇をとがらしていることに気づき、小さなショックを受けた。

リコはうれしそうにうめき、妻の突き出た唇をつねった。「約束するよ」

ジャンナは夫の口をとらえて長々とキスをし、それから顔を引いた。「いいわ、約束するなら」

リコのハンサムな顔がほころぶ。「命にかけて誓うよ。精いっぱい、会議を手短にすませる。君は熱い風呂にゆっくりつかるといい」

「それが役に立つかしら？」

「もちろんだ」リコは真顔になって立ちあがった。「帰ってきたら話し合おう」

そういえば、ゆうべはあまり話をしなかったと思い、ジャンナは笑みを浮かべてうなずいた。

リコがまた近寄ってきたので、ジャンナは彼のキスを期待したが、夫は彫りの深い顔に断固たる決意の表情を浮かべていったん立ち止まり、そのまま部屋を出ていった。愛し合えた喜びに影を落とす不吉な予感が、ジャンナの心にどこからともなく忍び寄った。リコはいったい何を話し合いたいのかしら？　不可解な不安が胸に巣くっているにもかかわらず、ジャンナは悪いことは考えないように努めた。リコは二十四時間近くもわたしに喜びを与え、我が子を妊娠させるために持てる力をすべて費やしてくれたのよ、この結婚を心の底から信じるべきだわ、とジャンナは自分をたしなめた。

そのことをしっかり胸に刻み、リコに言われたとおり、ジャンナは熱い風呂にゆったりとつかった。香りのよい高級なバスオイルは、買い物の折にリコの母親に買ってもらったもので、渦を巻く湯が体のなじみのない痛みを吸収してくれた。

その日の午後は、みな出かけていたので、ジャンナはひとりで食事をすませた。広間にお客さまがお待ちです、とメイドが告げに来たのは、その直後だった。

広間に行くと、いつもそうしているように天井から壁の上方を覆う色彩豊かな壁画に目をやった。何世代にもわたってディリナルド家の人々が住んできたこの屋敷には、イタリア有数の画家たちの名画も何点か飾られていた。

窓辺で物音がしたので、ジャンナはそちらを見やった。秋の日差しが客の輪郭を浮かびあがらせている。驚いたことに、それはキアラだった。陰になっていて、表情は読めない。

「うまくやったと思っているんでしょうね」

これがキアラの発した最初の言葉だった。

「意味がよくわからないわ」

キアラが見下したような表情を浮かべ、近づいてきた。「あなたってばかね。男に戻った彼があなたのもとにとどまるはずがないでしょう」

リコ本人でさえきのう発見したばかりのことを、なぜキアラが知っているのだろう？　リコが知らせたんじゃない。そんなことするはずないもの。ジャンナはゆっくりと息を吸いこみ、吐き気を伴う不快感を抑えた。

「いったいなんの話？」

「とぼけるのはおやめなさい。リコが歩けるようになったのは知ってるわ」

つまり、もうひとつのことは知らないんだわ。ジャンナは安堵《あんど》した。でも、歩けるようになったことをどうして知ったのかしら？　わたしでさえ、おととい知ったばかりなのに。「わたしもリコも、また歩けるようになると信じていたわ」

「彼が信じていたとしたら、わたしを手放さなかったでしょうよ」

リコが自分の回復に疑いを持っていたことは、彼自身の口から聞いていたので、キアラにふさわしい強烈な反撃を加える気にはなれなかった。「その結果、どんな違いがあったと思うの？　よくわからないわ」それだけ言うのが精いっぱいだった。

「あなたって、本当に愚かでいやな人ね」

ジャンナは態度を硬化させた。「何か言いたいことがあるのなら、さっさと言って、わたしの家から出ていってちょうだい」

「わたしの家ですって？　いつまでそれが続くと思ってるの？　リコに赤ちゃんをプレゼントするまでよ。それでおしまい。モデルのわたしが妊娠に熱心じゃないことを彼は知っていた。あなたが繁殖用雌馬の役目を果たしたら、リコはわたしのところに戻ってくるわ。本当に愛している女のところにね」

「リコはそんな人じゃないわ」我が子の母親を捨て

るには、彼はあまりにも誠意がありすぎる。

「男の人って、とても欲しいものがあるとき、それを手に入れるためにはいかなる犠牲も払うものよ」

「彼があなたを欲しがっていると、どうして思うわけ？　あの人、あなたを手放したのよ」

「わたしが必要とする男になれないと思ったからだわ。わたしのためを思い、去ることを許したのよ」

ジャンナは体の両脇《わき》で拳《こぶし》を握りしめた。全身の筋肉という筋肉が緊張していくのがわかる。キアラは本人の自覚以上に的を射たことを言っている。リコの最大の恐れは、二度と歩けないことではなく、セックスができないということだった。そしてその恐れはきのう消え失せたばかりだ。

「あなたは彼を愛してないわ」

「わたしとリコが経験したようなすばらしいセックスを知ったら、あなただって、愛なんていう感傷的な感情は必要なくなるわ」

自分を愛撫したようにキアラを愛撫する光景が脳裏に浮かび、ジャンナは慌てて、想像力が生みだした不愉快きわまりない光景を頭の中から追い払った。

「ずいぶん不作法な人ね。そろそろ帰って」

「そう急《せ》かさないで。まだあなたに言いたいことがあるの。言い終わったら、リコが帰ってくるまで待たせてもらうわ。また歩けるようになったことに、お祝いを言わなくちゃ」

なんという厚かましさかしら！　ジャンナは憤慨した。「わたしの夫に会いたければ、秘書に連絡してアポイントメントを取ることね。わたしの家であなたは歓迎されていないの」〝わたしの家〟を強調し、リコが結婚したのはわたしなのよ、とジャンナは自身とキアラの両方に思い出させた。

キアラは猫のような目を不快そうに細めた。「わたしはここを動かないわ」

「リコの警備担当者は違うことを言うはずよ」

「あなたがわたしを追いだすですって？　そんな勇気はないくせに」ジャンナの脅しはまったく予想外だったらしく、キアラはショックを受け、わずかにうろたえた。

　ジャンナがまさに反論しようとしたそのとき、リコの声が響いた。

「お客を呼んだとは知らなかったよ、いとしい人《カーラ》」

　ジャンナはさっとリコのほうを向いたが、腹立たしいほど彼の表情が読めない。「違うわ。この人が勝手に来たのよ」

「そうしたらあなたの奥さん、わたしを追いだすって脅すのよ」キアラの声が苦しげにかすれ、しかも猫のように狡猾《こうかつ》な目に涙が浮いている。

　リコが眉が上げ、皮肉っぽく問いかけた。「へえ、そうなのかい？」

　キアラがすばやく部屋を横切り、真っ赤なマニキュアを施した指でリコの上着をつかんだ。「そうよ。あなたと結婚しただけじゃ足りないのよ。この人、わたしをあなたの人生から完全に追いだしたがっているわ」

　リコは、まつわりついたキアラの手をさりげなく外し、銀色の目を妻に向けた。「本当かい？」

「本当よ。あなたに会いたいのなら、秘書にアポイントメントを取るように言ったわ。わたし、この人がわたしの家にいるのはいやなの」

　リコはその言葉に納得したかのようにうなずいた。

「だが、アポイントメントは必要ないと思うよ」リコはキアラを見下ろした。そのため、彼はジャンナがこらえきれずに顔に出した苦痛の表情を見落とした。「今、二人で話せるかな？」

　キアラは甘えるように喉を鳴らした。「いいわ、リコ。そうしてちょうだい。わたしはただ、あなたがまた歩けるようになってどんなにうれしいか、直接お祝いを言いたかっただけなの」

リコは洋酒のボトルが並ぶキャビネットへ行き、スコッチをついだ。「どうしてわかった？」

「ある日、買い物先で、まったく偶然に理学療法士の奥さんに出会い、親しくなったの。あなたの回復状況を追跡したがったからといって、わたしを責めるのはお門違いよ。わたしたち、あんなに深い仲だったんですもの」

キアラの言葉、甘ったるい声、二枚舌に、ジャンナは吐き気を催した。元フィアンセを追いだそうとしたことを夫が支持してくれなかったからといって、元フィアンセが夫にちょっかいを出すのを妻がじっと見守らなければならない道理はない。ジャンナは踵《きびす》を返し、部屋を出た。

リコが呼び止めたが、ジャンナは無視した。行かせなさいよ、とリコに言うキアラの声と同じく。

12

ジャンナは憤懣《ふんまん》やるかたない思いで二階に上がった。

だがドアの前で、ここにはとうてい入れないと思った。ベッドを直視し、あの悪意に満ちた女の脅しをきっかけにして過去と向かい合う気にはなれなかった。ジャンナは踵《きびす》を返し、また一階に下りた。

それからガレージに行き、最初に見つけたキーのついた車に乗りこんだ。メルセデスのセダンだ。いつも乗り慣れている車より大きいが、かまうものですか。遠くに行けさえすれば。

門の自動開閉装置を押し、私道から外に出るとき、警備係が行かせまいとして激しく手を振った。リコと彼の父親は、ジャンナとレナータが屋敷を出るときは必ず警備係を連れていくようにとうるさく言い含めていた。しかしそのときは、相手が誰であろうと、人と一緒に出かける気分ではなかった。

何も考えずに市内を走りまわっているうちに、いつの間にか大聖堂の近くに来ていた。母の死後、リコに連れてきてもらったことを思い出し、ジャンナは車を止めた。駐車場が見つかったのは、それ自体驚きだった。彼女は車を降り、思い切って巨大な大聖堂の中に入った。

もう子どもではないが、ジャンナは傷ついていた。教会内部の広々とした空間は、少女時代と同様に畏《い》怖《ふ》の念をかきたてる。あのときこの大きな建物の中で発見した安らぎを、わたしは今も必要としている。足は自然に薔薇《ばら》窓へと向かった。リコが連れてきてくれたのは、まさにここだった。彼は言った。ママに話しかけてごらん、たとえ天国にいても、聞こえるはずだから、と。

あの日を境に、わたしはリコを愛しはじめたのだろうか？

十五歳になるまで、それが男女の愛とはわからなかったが、リコは常に心の中心にいた。自分自身を与えることができるただひとりの男性、結婚したいと思ったただひとりの男性だったのに、彼のほうはわたしを女として見てくれなかった。だが事故に遭い、美しいが我慢できないほど身勝手なフィアンセが彼を捨てたとき、事情が変わった。

ジャンナは柱にもたれかかり、これまで何百年にもわたって参拝者たちが感じてきた安らぎに浸った。

リコはわたしのものよ。でも、いつまで？

夫婦のベッドで二十四時間近くを過ごしてからは、今も性的な対象として見られていないとは思わない。わたしがリコの目に魅力ある女として映っていることを、彼は何度も証明してみせた。

だからといって、リコに愛されていることにはならない。しかし、愛が存在しない証拠にならないのも確かだ。ゆうべ彼は言った。

〝君といると、自分の性的エネルギーのレベルがわかり、安心する。なぜなら、君は僕を愛しているから〟

あれは、キアラとよりを戻せるかどうか決断するための実験台として君を利用した、そういう意味だったのだろうか？

「ここに来れば、見つかると思った」

ジャンナははっとして、顔を上げた。「何しに来たの？」

「逃げだした妻を探しに来た」

「逃げだしたんじゃないわ」

「だが、ボディガードを連れずに、自分で車を運転して屋敷から出ていった。警備係の制止を振り切って」

「ひとりになりたかったの。いいでしょう？」

「いや、よくない」

「あなたに、わたしのすることにいちいち口出しする権利はないわ」

「僕もこんなことはしたくない」

「じゃあ、どうして来たの？」

「君がここにいるからだ」

「あなたはキアラをわたしの家に引き止めたわ」

「彼女に言っておきたいことがあった」

ジャンナは何も言わず、そっぽを向いた。

「何を言ったか知りたくないのかい？」

「ええ」

「きのうの昼と夜、二人であれほど愛し合ったのに、どうして僕を疑うんだ？」

ジャンナがさっと顔を向けると、ぎらぎらと責めるようなまなざしにぶつかった。「肉体的に愛し合っただけよ。キアラの話では、あなたには珍しいことじゃないそうね」

「僕らは心から愛し合った。そして僕は、あんな愛し方をほかの女性にしたことはない」

どんなにその言葉を信じたいか。こみあげる涙に目が焼けるように熱く、喉がひりひりする。ジャンナは首を左右に振った。

「本当だ」

「あなたがわたしと結婚した理由は、すべて間違いだったわ」

リコは顎を引き締めた。

涙がとめどなく流れ、彼から顔をそむけたとき、ジャンナはどこにも心の平安がないことに気づいた。激しい苦悩が全身を切り刻み、こみあげる嗚咽《おえつ》が食いしばった歯の間からほとばしる。

「ひとりで苦しむな。過去は変えられない」

リコがジャンナの両肩をつかむと、彼女は身をよじってその手を振り払った。

「わたしに触れないで!」

リコは妻の体をくるりとまわし、自分の正面に据えた。彼の目には、ジャンナが今経験しているのと同じ苦悩が揺らめいていた。「愛があれば、許せるだろう?」

許す? 何を? わたしを愛さなかったこと? それは簡単なことではないし、許す許さないの問題でもない。受け入れることを学ぶか学ばないかの問題だ。「許せるかどうかわからないわ」ジャンナはひとり言のようにつぶやいた。

リコなしに生きることを学ばなければならないことはわかっている。でも、その方法がわからない。

リコが決然とした表情を浮かべて言った。「出ていかせるものか。君は僕のものだ」

「わたし、あなた以外の人のものになりたいと思ったことはないわ」苦痛に満ちたつぶやきが口をついて出る。

「だったら、なぜ、触れないでなどと言うんだ？」

「傷ついたからよ」

「僕から目をそらしても、事態は好転しない」

ジャンナの下唇が震え、またもや嗚咽がこみあげる。

リコは悪態をつきながら歩み寄った。「さあ、一緒に家へ帰ろう。そして二人きりで話し合おう」

気がつくと、ジャンナはリコの胸に高々とかかえあげられ、強く抱きしめられていた。

「わたしの家はどこにあるの？」居間を飛びだしたときのキアラの得意げな顔を思い出し、ジャンナはきかずにはいられなかった。

「僕がいるところだ」決意をこめたリコの声が響きわたり、激しいキスが始まった。

ジャンナも、情熱をもってそれに応《こた》えた。我が物顔に征服する夫のキスを受けながら、どのくらいそこに立っていたかはわからない。やがて、あの男の人とお友だちは何をしているの、と母親にきく子どもの声で現実に引き戻され、ジャンナは口を離した。そのとたん自分が彼にかかえられていることを思い出し、恥ずかしさと不安に襲われた。

「リコ、下ろして！」

彼の目から敵意に満ちた怒りがジャンナに向かって放たれる。「いやだ」

なぜリコはこんなに怒っているのかしら？「脚のことを考えてちょうだい。こんなことをしたら、脚に障るわ。まだ完治したわけじゃないのに」

「僕の心配をしてくれるのかい？」少し怒りをやわらげ、リコがきいた。

「ええ」

「もう押しのけたりしないね？」

ジャンナはため息をつき、リコの首の後ろで両手を組み、頭を彼の肩にうずめた。「できないわ」

リコがうなずいた。怒りは完全におさまっていることが、ジャンナには我が事のようにはっきりとわかった。

リコはおかしそうな表情で振り返り、男のプライドとしか言いようのないものを声に響かせて、幼い男の子に言った。「この人はお友だちじゃなく、僕の奥さんだ」

「わかった」子どもらしい素直さで男の子が言うと、母親が顔を赤らめた。

リコはウィンクをしてから、体の向きを変え、大聖堂をあとにした。妻を抱いたまま。

「リコ……」

「言っただろう、もう君を放さないって」

「言葉どおりの意味だったなんて知らなかったわ」

「抱くことで君を手もとに置けるのなら、今後五十年ほど、君はいつも僕と一緒だ」

吹きだして当然なのに、ジャンナは笑えなかった。自分の言ったことを完全に実行する能力と意志を持つ男の脅迫に聞こえたからだ。

ジャンナは何も言わず、駐車禁止区域で待っていたリムジンまで運ばれた。運転手がドアを開けると、彼女はようやく下ろされた。それもつかの間、ジャンナは車に乗りこむなりリコに引き寄せられ、夫の膝の上に座らされた。

「わたしが乗ってきた車はどうするの？」

「ピエトロに頼むよ」

ジャンナは警備の青年に駐車場所を告げ、キーを渡した。

「どうしてキアラを追いださなかったの？」

「追いだしたよ」

「でも……」

「彼女は僕らの家に来て、厚かましくも君を動揺させた。君の美しい緑色の目と、そのすばらしい体のこわばり方を見て、僕はすぐにわかった」

「でも……それなら、どうして引き止めたの？」

「僕や家族の生活をこれ以上邪魔されるのは我慢できないこと、今度君を傷つけようとしたら容赦しないということを、わからせたかった。彼女は僕の怖さも知っている。もう邪魔はしないだろう」

「近づかないように警告したの？」

「ああ。僕の立場をはっきりさせたり、彼女を玄関まで送ったりする時間はなかったがね。妻が逃げだしたと、警備係が知らせに来たものだから」

後悔のうずきがジャンナをさいなんだ。「逃げだしたんじゃないわ」

「逃げだしたさ」

ひとりになりたかった、考える時間が欲しかったと、言い返したかった。けれど、ジャンナは思いとどまった。言い訳がリコに通じるとはとても思えない。「わたしたち、これからどこへ向かうの？」

「うちに帰る。ベッドかもしれない……」

「そんなことをきいたんじゃないわ」

リコはため息をついた。「君次第だ」

「どういう意味？」

「君が出ていきたいのに、無理やり引き止めることはできない」

わたしを抱きしめる力の強さは、違うことを言っている、とジャンナは察した。「それで、わたしが出ていきたくないと言ったら？」

「僕は世界一幸せな男だ。意識が回復したとき、君は僕のそばにいた。僕を昏睡《こんすい》状態からよみがえらせたのは、君の声、君の言葉だった」

「よくわからないけど、ちょうどその時期が来ていたんじゃないかしら」

「いや、違う。どうして僕にそれがわかったか、考えつくかい？」

リコからにじみ出てくる温かさに声を失い、ジャンナはただ首を横に振った。

「僕はその言葉を覚えている。あなたを愛している、君はそう言った。信じないかもしれないが、僕には聞こえた。だから目覚めたんだ」

「あなたのいない世界を考えると、耐えられなかったの」

「わかっている。目を覚ました瞬間から、君の愛を疑ったことはない。ほとんど何もできなかった僕を支え、力を与えてくれたのは、君の愛だった」

「でも、あなたは愛してくれなかった」

「そうだろうか?」

「好きだとしか言ってくれなかったわ」

「好きという気持ち、それも愛の一部だ」

「どういうこと?」太陽に照らされた薔薇の花びらのように、心の中に希望の花が開きはじめた。

「君の愛が生ける屍《しかばね》の僕を蘇生《そせい》させたのは、僕の心にそれに応える愛があったからだ。最初はそれに気づかず、なじみのある……安全なものにしがみつこうとした」

「キアラね」

「ああ。彼女が僕に期待したのは金だけだ」

「体もよ」

「愛のないセックスだけだ。男なら誰でもよかったんだ。だが君はこの僕が欲しかった。そうだね?」

「ええ」

「僕は、ニューヨークを発《た》つ前に結婚するよう迫った。君は不思議に思わなかったのかい?」

もちろん思ったわ、とジャンナは心の中で答えた。

「わたしと結婚したがる理由が全然わからなかったし、そんなに急ぐ理由はもっとわからなかったわ」

「君を失う危険を冒したくなかったし、君が結婚の誓いを真剣に考えることも知っていたが、僕の論法は身勝手だった。君が欲しかったが、愛していると認めたくなかった。僕が恐れていたように、君が弟を選んだとしても、文句は言えなかったと思う」

「わたしがアンドレを選ぶと思ったの?」

「ああ」

「彼の気を引いたことさえなかったのに？」

「弟のほうは違う」

「でも、あなたは、わたしを愛していないと言ったわ」

「僕はニューヨークでキアラに別れを告げた」

「なんですって？」

「彼女に、もう結婚したくなくなった、と言った。僕に小言を言い、ほかの女たちにはまねのできない勇気を持って僕に立ち向かう、緑色の目をした小さな妖精《ようせい》が夢を満たしてくれたからだ。そうなると、もうキアラは必要なかった」

「わたしが原因で別れたの？　でも彼女は――」

「キアラは、僕が彼女のためを思って別れたが、歩けるようになればよりを戻したがる、と確信していた。だが僕にその気はなかった。今もない。僕が欲しいのはジャンナ、君だけだ」

　胸をつまらせ、ジャンナはリコを見つめた。

「君を愛している」

「そんなこと、ありえないわ」

「ありえるし、事実、君を愛している。君は僕の最愛の人であり、命だ。君がいなければ、すべてはなんの意味もない。君に愛していると言わなかったのは、怖かったからだ。二度と歩けないことが怖かった。歩けても、男としての役目を果たせないことが怖かった」

「たとえ一生、首から下が麻痺《まひ》していても、わたしにとって、あなたは理想の男性だったでしょうね」

　リコは目を閉じ、体を震わせた。それから目を開け、妻に優しくキスをした。「そのような愛に対し、男は命も惜しまない。純粋な愛は美しく、すばらしい。僕はそれに値しないと思った」

「今は値すると思うのね？」

「それに気づいたのはきのうの朝、人工授精中のことだった。痛みに耐える君を見て、どんな犠牲を払おうとも、二度と君にそんな思いをさせまいと思った」

　出産が必ずしも無痛ではないことを、今は言わないほうがよさそうね、とジャンナは胸の内でつぶやいた。今度は養子を迎えると言いだしかねない。わたしはどうしても彼の子どもを産みたい。

　リコがジャンナの顔を両手で包み、目をいたずらっぽく輝かせた。「君を全身全霊で愛しているよ、僕の大事な人《テゾーロ》。そしていつまでも愛し続ける。君は僕の一部だ。強盗と、僕をひいた車の運転手にでくわしたことを、神に感謝しよう。もしあの事件がなかったら、僕は君を失っていた。僕の人生で、持つ価値のある唯一の宝物なのに」

「あなたが本気でそんなことを言うはずないわ」

「本気だとも。母の考え方が今にしてわかる。母は知っていた。キアラとの人生はみじめだが、君との人生はあらゆる意味ですばらしい、と。この愛の贈り物と比べれば、あんなちっぽけなけがの痛みや、あんなちっぽけなリハビリテーションの苦労ぐらい、なんでもない」

「そんな痛みや苦労を経験しなくても、あなたはわたしの愛を手に入れることができたわ」

「君はそのつもりだっただろうが、僕のほうに、それを受け入れる準備がなかった。君の美しさや、僕の人生で君が常にどんなに大切だったかに、気づかなかった」

「あなたを愛しているわ」

「わかっている。その言葉は、いくら言っても言いすぎということはない」

　だから、ジャンナは言った。屋敷に着くまで、キスをしながら何度も何度も。そして、夜が更けても、言い続けた。リコは行動と言葉の両方でそれに報いた。

二人の結婚の祝いには、イタリアの母親が結婚式に期待するすべてが盛りこまれた。

レナータは結婚のしきたりが完全に守られるよう、準備に労を惜しまなかった。祝福の式のとき息子の花嫁が着る伝統的な純白のウエディングドレスや、リコが事故後初めて立った日、ジャンナが試着したレースのスカーフも、その中に含まれる。できるだけ式を本式にするため、リコも自分の役割を演じ、花嫁をハネムーンに連れていくと主張した。二人がスイスの高級ホテルに到着し、再び閉めきった自室のドアの内側に落ち着いたとき、ジャンナは最高に親密な方法で愛を表現し、彼を激しく容赦ないセックスへと駆りたてた。すべてが終わったとき、二人は体をからませて横たわり、イタリア語と英語で、愛の言葉をささやき合った。

「僕の赤ん坊がここにいる。それを感じる」リコは大きな手を妻のおなかに当てた。

ジャンナは目を潤ませ、ほほ笑んだ。「わたしもよ」

「愛しているよ、テゾーロ」

「わたしがあなたを愛するほどじゃないわ」

八カ月後、ジャンナは二卵性の双子を産み、それが正しかったことを証明した。

僕の性的能力が非常に強いため、人工授精とセックスの両方が実を結んだ。リコはそう信じている。ジャンナは夫を疑うような妻ではなかった。

彼女の愛がリコを生ける屍からよみがえらせた。リコの愛が、一度ならず、二度までも妻の子宮に命を送りこんだとしても、なんの不思議があるだろう?

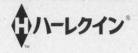

ハーレクイン・ロマンス　2005年9月刊（R-2063）

完全なる結婚
2024年7月20日発行

著　　者　ルーシー・モンロー
訳　　者　有沢瞳子（ありさわ　とうこ）

発 行 人　鈴木幸辰
発 行 所　株式会社ハーパーコリンズ・ジャパン
東京都千代田区大手町 1-5-1
電話 04-2951-2000（注文）
0570-008091（読者サービス係）

印刷・製本　大日本印刷株式会社
東京都新宿区市谷加賀町 1-1-1

ISBN978-4-596-63696-6 C0297

7月26日発売　ハーレクイン・シリーズ 8月5日刊

ハーレクイン・ロマンス　愛の激しさを知る

コウノトリが来ない結婚	ダニー・コリンズ／久保奈緒実 訳	R-3893
ホテル王と秘密のメイド 《純潔のシンデレラ》	ハイディ・ライス／加納亜依 訳	R-3894
ときめきの丘で 《伝説の名作選》	ベティ・ニールズ／駒月雅子 訳	R-3895
脅迫された花嫁 《伝説の名作選》	ジャクリーン・バード／漆原　麗 訳	R-3896

ハーレクイン・イマージュ　ピュアな思いに満たされる

愛し子がつなぐ再会愛	ルイーザ・ジョージ／神鳥奈穂子 訳	I-2813
絆のプリンセス 《至福の名作選》	メリッサ・マクローン／山野紗織 訳	I-2814

ハーレクイン・マスターピース　世界に愛された作家たち ～永久不滅の銘作コレクション～

心まで奪われて 《特選ペニー・ジョーダン》	ペニー・ジョーダン／茅野久枝 訳	MP-99

ハーレクイン・ヒストリカル・スペシャル　華やかなりし時代へ誘う

ハイランダーの秘密の跡継ぎ	ジェニーン・エングラート／琴葉かいら 訳	PHS-332
伯爵に拾われた娘	ヘレン・ディクソン／杉本ユミ 訳	PHS-333

ハーレクイン・プレゼンツ作家シリーズ別冊　魅惑のテーマが光る 極上セレクション

炎のメモリー	シャロン・サラ／小川孝江 訳	PB-390

※予告なく発売日・刊行タイトルが変更になる場合がございます。ご了承ください。

今月のハーレクイン文庫

7月刊 好評発売中！

Harlequin 45th Anniversary

帯は1年間"決め台詞"！

珠玉の名作本棚

「プロポーズを夢見て」
ベティ・ニールズ

一目で恋した外科医ファン・ティーン教授を追ってオランダを訪れたナースのブリタニア。小鳥を救おうと道に飛び出し、愛しの教授の高級車に轢かれかけて叱られ…。

（初版：I-1886）

「愛なきウエディング・ベル」
ジャクリーン・バード

シャーロットは画家だった亡父の展覧会でイタリア大富豪ジェイクと出逢って惹かれるが、彼は父が弄んだ若き愛人の義兄だった。何も知らぬまま彼女はジェイクの子を宿す。

（初版：R-2109「復讐とは気づかずに」）

「一夜の後悔」
キャシー・ウィリアムズ

秘書フランセスカは、いつも子ども扱いしてくるハンサムなカリスマ社長オリバーを愛していた。一度だけ情熱を交わした夜のあと拒絶されるが、やがて妊娠に気づく──。

（初版：I-1104）

「恋愛キャンペーン」
ペニー・ジョーダン

裕福だが仕事中毒の冷淡な夫ブレークに愛されず家を出たジェイム。妊娠を知らせても電話1本よこさなかった彼が、3年後、突然娘をひとり育てるジェイムの前に現れて…。

（初版：R-423）